莎士比亚全集·中文本（典藏版）
William Shakespeare: Complete Works

［英］威廉·莎士比亚（William Shakespeare）著

辜正坤 主编／覃学岚 译

亨利六世（下）

The Third Part of
Henry the Sixth

外语教学与研究出版社
北京

京权图字：01-2016-5027

THE THIRD PART OF HENRY THE SIXTH
Copyright © The Royal Shakespeare Company, 2007
All rights reserved.
Published by arrangement with Random House, an imprint of the Random House Publishing Group,
a division of Random House, Inc.

图书在版编目 (CIP) 数据

亨利六世. 下／（英）威廉·莎士比亚（William Shakespeare）著；覃学岚译.
北京：外语教学与研究出版社，2024. 6. --（莎士比亚全集／辜正坤主编）.
ISBN 978-7-5213-5354-9

I. I561.33
中国国家版本馆 CIP 数据核字第 20243RR152 号

亨利六世（下）

HENGLI LIU SHI (XIA)

出 版 人　王　芳
项目负责　邢印姝　郭芮萱
责任编辑　周渝毅
责任校对　李亚琦
封面设计　张　潇
出版发行　外语教学与研究出版社
社　　址　北京市西三环北路 19 号（100089）
网　　址　https://www.fltrp.com
印　　刷　三河市北燕印装有限公司
开　　本　710×1000　1/16
印　　张　12
字　　数　192 千字
版　　次　2024 年 6 月第 1 版
印　　次　2024 年 6 月第 1 次印刷
书　　号　ISBN 978-7-5213-5354-9
定　　价　68.00 元

如有图书采购需求，图书内容或印刷装订等问题，侵权、盗版书籍等线索，请拨打以下电话或关注官方服务号：
客服电话：400 898 7008
官方服务号：微信搜索并关注公众号"外研社官方服务号"
外研社购书网址：https://fltrp.tmall.com

物料号：353540001

记载人类文明
沟通世界文化
www.fltrp.com

出版说明

　　1623 年，莎士比亚的演员同僚们倾注心血结集出版了历史上第一部《莎士比亚全集》——著名的第一对开本，这是三百多年来许多导演和演员最为钟爱的莎士比亚文本。2007 年，由英国皇家莎士比亚剧团（Royal Shakespeare Company）推出的《莎士比亚全集》，则是对第一对开本首次全面的修订。

　　本套《莎士比亚全集》新汉译本，正是依据当今莎学界最负声望的皇家版《莎士比亚全集》翻译而成。译本的凡例说明如下：

　　一、**文体**：剧文有诗体和散体之分。未及最右行末即转行的为诗体。文字连排、直至最右行末转行的，则为散体。

　　二、**舞台提示**：

　　1）角色的上场与下场及其他舞台提示以仿宋体排出，穿插于剧文中的舞台提示以圆括号进行标注，如：（对亨利王子）。

　　2）舞台提示中的特殊符号。译本所依据的皇家版《莎士比亚全集》的编辑者对舞台提示中的不确定情形以特殊符号予以标注，译本亦保留了这些符号：如（旁白？）表示某行剧文既可作为旁白，亦可当作对话；又如某个舞台活动置于箭头 ↓↓ 之间，表示它可发生在一场戏中的多个不同时刻。

　　三、**脚注**：脚注中除标注有"译者附注"字样的，均译自或改编自皇家版《莎士比亚全集》注释。脚注多为对剧文中背景知识及专名的解释，以使读者更好地理解剧情；亦包含部分与英文原文相关的脚注，以使读者在品味译者的佳文时，亦体验到英文原文的精妙。

四、文本: 译本以第一对开本为蓝本,部分剧目中四开本与之明显相异的段落亦有译出,附于正文之后,供读者参考。

此《莎士比亚全集》新汉译本历经策划、翻译、编辑加工和印装等工序,各个环节的参与者均竭尽全力,力求完美,但由于水平、精力所限,难免有所错漏,敬请广大读者赐教指正。

外语教学与研究出版社
综合出版事业部

莎士比亚诗体重译集序

辜正坤

他非一代骚人，实属万古千秋。

这是英国大作家本·琼森（Ben Jonson）在第一部《莎士比亚全集》（*Mr. William Shakespeares Comedies, Histories, & Tragedies*, 1623）扉页上题诗中的诗行。三百多年来，莎士比亚在全球逐步成为一个家喻户晓的名字，似乎与这句预言在在呼应。但这并非偶然言中，有许多因素可以解释莎士比亚这一巨大的文化现象产生的必然性。最关键的，至少有下面几点。

首先，其作品内容具有惊人的多样性。世界上很难有第二个作家像莎士比亚这样能够驾驭如此广阔的题材。他的作品内容几乎无所不包，称得上英国社会的百科全书。帝王将相、走卒凡夫、才子佳人、恶棍屠夫……一切社会阶层都展现于他的笔底。从海上到陆地，从宫廷到民间，从国际到国内，从灵界到凡尘……笔锋所指，无处不至。悲剧、喜剧、历史剧、传奇剧、叙事诗、抒情诗……都成为他显示天才的文学样式。从哲理的韵味到浪漫的爱情，从盘根错节的叙述到一唱三叹的诗思，波涛汹涌的情怀，妙夺天工的笔触，凡开卷展读者，无不为之拊掌称绝。即使只从莎士比亚使用过的海量英语词汇来看，也令人产生仰之弥高的感觉。德国语言学家马克斯·缪勒（Max Müller）原以为莎士比亚使用过的词汇最多为 15,000 个，事后证明这当然是小看了语言大师的词汇储藏量。美国教授爱德华·霍尔登（Edward Holden）经过一番考察后，认为至少达 24,000 个。可是他哪里知道，这依然是一种低估。有学者甚至声称用电脑检索出莎士比亚用的词汇多达 43,566 个！当然，这些数据还不是莎士比亚作品之所以产生空前影响的关键因素。

其次，但也许是更重要的原因：他的作品具有极高的娱乐性。文学作品的生命力在于它能寓教于乐。莎士比亚的作品不是枯燥的说教，而是能够给予读者或观众极大艺术享受的娱乐性创造物，往往具有明显的煽情效果，有意刺激人的欲望。这种艺术取向当然不是纯粹为了娱乐而娱乐，掩藏在背后的是当时西方人强有力的人本主义精神，即用以人为本的价值观来对抗欧洲上千年来以神为本的宗教价值观。重欲望、重娱乐的人本主义倾向明显对重神灵、重禁欲的神本主义产生了极大的挑战。当然，莎士比亚的人本主义与中国古人所主张的人本主义有很大的区别。要而言之，前者在相当大的程度上肯定了人的本能欲望或原始欲望的正当性，而后者则主要强调以人的仁爱为本规范人类社会秩序的高尚的道德要求。二者都具有娱乐效果，但前者具有纵欲性或开放性娱乐效果，后者则具有节欲性或适度自律性娱乐效果。换句话说，对于 16、17 世纪的西方人来说，莎士比亚的作品暗中契合了试图挣脱过分禁欲的宗教教义的约束而走向个性解放的千百万西方人的娱乐追求，因此，它会取得巨大成功是势所必然的。

第三，时势造英雄。人类其实从来不缺善于煽情的作手或视野宏阔的巨匠，缺的常常是时势和机遇。莎士比亚的时代恰恰是英国文艺复兴思潮达到鼎盛的时代。禁欲千年之久的欧洲社会如堤坝围裹的宏湖，表面上浪静风平，其底层却汹涌着决堤的纵欲性暗流。一旦湖堤洞开，飞涛大浪呼卷而下，浩浩汤汤，汇作长河，而莎士比亚恰好是河面上乘势而起的弄潮儿，其迎合西方人情趣的精湛表演，遂赢得两岸雷鸣般的喝彩声。时势不光涵盖社会发展的总趋势，也牵连着别的因素。比如说，文学或文化理论界、政治意识形态对莎士比亚作品理解、阐释的多样性与莎士比亚作品本身内容的多样性产生相辅相成的效果。"说不尽的莎士比亚"成了西方学术界的口头禅。西方的每一种意识形态理论，尤其是文学理论，要想获得有效性，都势必会将阐释莎士比亚的作品作为试金石。17世纪初的人文主义，18世纪的启蒙主义，19世纪的浪漫主义，20世纪的现实主义或批判现实主义，都不同程度地、选择性地把莎士比亚作品作为阐释其理论特点的例证。也许17世纪的古典主义曾经阻遏过西方人对莎士比亚作品的过度热情，但是19世纪的浪漫主义流派却把莎士比亚作品推崇到无以复加的崇高地位，莎士比亚俨然成了西方文学的神灵。20世纪以来，西方资本主义阵营和社会主义阵营可以说在意识形态的各个方面都互相对立，势同水火，可是在对待莎士比亚的问题上，居然有着惊人的共识与默契。不用说，社会主义阵营的立场与社会主义理论的创始人马克思（Karl Marx）、恩格斯（Friedrich Engels）个人的审美情趣息息相关。马克思一家都是莎士比亚的粉丝；马克思称莎士比亚为"人类最伟大的天才之一，人类文学奥林波斯山上的宙斯"！他号召作家们要更加莎士比亚化。恩格斯甚至指出："单是《快乐的温莎巧妇》[1]的第一幕就比全部德国文学包含着更多的生活气息。"不用说，这些话多多少少有某种程度的文学性夸张，但对莎士比亚的崇高地位来说，却无疑产生了极大的推动作用。

第四，1623年版《莎士比亚全集》奠定莎士比亚崇拜传统。这个版本即眼前译本所依据的皇家版《莎士比亚全集》（*The RSC William Shakespeare: Complete Works*, 2007）的主要内容。该版本产生于莎士比亚去世的第七年。莎士比亚的舞台同仁赫明奇（John Heminge）和康德尔（Henry Condell）整理出版了第一部莎士比亚戏剧集。当时的大学者、大

---

1 英文剧名为 The Merry Wives of Windsor，朱生豪先生译作《温莎的风流娘儿们》；重译本综合考虑剧情和英文书名，译作《快乐的温莎巧妇》。

作家本·琼森为之题诗,诗中写道:"他非一代骚人,实属万古千秋。"这个调子奠定了莎士比亚偶像崇拜的传统。而这个传统一旦形成,后人就难以反抗。英国文学中的莎士比亚偶像崇拜传统已经形成了一种自我完善、自我调整、自我更新的机制。至少近两百年来,莎士比亚的文学成就已被宣传成世界文学的顶峰。

第五,现在署名"莎士比亚"的作品很可能不只是莎士比亚一个人的成果,而是凝聚了当时英国若干戏剧创作精英的团体努力。众多大作家的智慧浓缩在以"莎士比亚"为代号的作品集中,其成就的伟大性自然就获得了解释。当然,这最后一点只是莎士比亚研究界若干学者的研究性推测,远非定论。有的莎士比亚著作爱好者害怕一旦证明莎士比亚不是署名为"莎士比亚"的著作的作者,莎士比亚的著作便失去了价值,这完全是杞人忧天。道理很简单,人们即使证明了《红楼梦》的作者不是曹雪芹,或《三国演义》的作者不是罗贯中,也丝毫不影响这些作品的伟大价值。同理,人们即使证明了《莎士比亚全集》不是莎士比亚一个人创作的,也丝毫不会影响《莎士比亚全集》是世界文学中的伟大作品这个事实,反倒会更有力地证明这个事实,因为集体的智慧远胜于个人。

皇家版《莎士比亚全集》译本翻译总思路

横亘于前的这套新译本,是依据当今莎学界最负声望的皇家版《莎士比亚全集》进行翻译的,而皇家版又正是以本·琼森题过诗的1623年版《莎士比亚全集》为主要依据。

这套译本是在考察了中国现有的各种译本后,根据新的历史条件和新的翻译目的打造出来的。其总的翻译思路是本套译本主编会同外语教学与研究出版社的相关领导和责任编辑讨论的结果。总起来说,皇家版《莎士比亚全集》译本在翻译思路上主要遵循了以下几条：

1. 版本依据。如上所述，本版汉译本译文以英国皇家版《莎士比亚全集》为基本依据。但在翻译过程中，译者亦酌情参阅了其他版本，以增进对原作的理解。

2. 翻译内容包括：内页所含全部文字。例如作品介绍与评论、正文、注释等。

3. 注释处理问题。对于注释的处理：1）翻译时，如果正文译文已经将英文版某注释的基本含义较准确地表达出来了，则该注释即可取消；2）如果正文译文只是部分地将英文版对应注释的基本含义表达出来，则该注释可以视情况部分或全部保留；3）如果注释本身存疑，可以在保留原注的情况下，加入译者的新注。但是所加内容务必有理有据。

4. 翻译风格问题。对于风格的处理：1）在整体风格上，译文应该尽量逼肖原作整体风格，包括以诗体译诗体，以散体译散体；2）在具体的文字传输处理上，通常应该注重汉译本身的文字魅力，增强汉译本的可读性。不宜太白话，不宜太文言；文白用语，宜尽量自然得体。句子不要太绕，注意汉语自身表达的句法结构，尤其是其逻辑表达方式。意义的异化性不等于文字形式本身的异化性，因此要注意用汉语的归化性来传输、保留原作含义的异化性。朱生豪先生的译本语言流畅、可读性强，但可惜不是诗体，有违原作形式。当下译本是要在承传朱先生译本优点的基础上，根据新时代的读者审美趣味，取得新的进展。梁实秋先生等的译本，在达意的准确性上，比朱译有所进步，也是我们应该吸纳的优点。但是梁译文采不足，则须注意避其短。方平先生等的译本，也把莎士比亚翻译往前推进了一步，在进行大规模诗体翻译方面作出了宝贵的尝试，但是离真正的诗体尚有距离。此外，前此的所有译本对于莎士比亚原作的色情类用语都有程度不同的忽略，本套皇家版译本则尽力在此方面还原莎士比亚的本真状态（论述见后文）。其他还有一些译本，亦都应该受到我们的关注，处理原则类推。每种译本都有自己独特的东西。我们希望美的译文是这套译本的突出特点。

5.借鉴他种汉译本问题。凡是我们曾经参考过的较好的译本，都在适当的地方加以注明，承认前辈译者的功绩。借鉴利用是完全必要的，但是要正大光明，避免暗中抄袭。

6.具体翻译策略问题特别关键，下文将其单列进行陈述。

莎士比亚作品翻译领域大转折：真正的诗体译本

莎士比亚首先是一个诗人。莎士比亚的作品基本上都以诗体写成。因此，要想尽可能还原本真的莎士比亚，就必须将莎士比亚作品翻译成为诗体而不是散文，这在莎学界已经成为共识。但是紧接而来的问题是：什么叫诗体？或需要什么样的诗体？

按照我们的想法：1）所谓诗体，首先是措辞上的诗味必须尽可能浓郁；2）节奏上的诗味（包括分行）等要予以高度重视；3）结合中国人的审美习惯，剧文可以押韵，也可以不押韵。但不押韵的剧文首先要满足前两个要求。

本全集翻译原计划由笔者一个人来完成。但是，莎士比亚的创作具有惊人的多样性，其作品来源也明显具有莎士比亚时代若干其他作家与作品的痕迹，因此，完全由某一个译者翻译成一种风格，也许难免偏颇，难以和莎士比亚风格的多样性相呼应。所以，集众人的力量来完成大业，应该更加合理，更加具有可操作性。

具体说来，新时代提出了什么要求？简而言之，就是用真正的诗体翻译莎士比亚的诗体剧文。这个任务，是朱生豪先生无法完成的。朱先生说过，他在翻译莎士比亚作品时，"当然预备全部用散文译出，否则将要了我的命"。[1] 显然，朱先生也考虑过用诗体来翻译莎士比亚著作的问题，但是他的结论是：第一，靠单独一个人用诗体翻译《莎士比亚全集》是办不到的，会因此累死；第二，他用散文翻译也是不得已的办法，因为只有这样他才有可能在有生之年完成《莎士比亚全集》的翻译工作。

将《莎士比亚全集》翻译成诗体比翻译成散文体要难得多。难到什么程度呢？和朱生豪先生的翻译进度比较一下就知道了。朱先生翻译得最快的时候，一天可以翻译一万字。[2] 为什么会这么快？朱先生才华过人，这当然是一个因素，但关键因素是：他是用散文翻译的。用真正的诗体就不一样了。以笔者自己的体验，今日照样用散文翻译莎士比亚剧本，最快时也可达到每日一万字。这是因为今日的译者有比以前更完备的注释本和众多的前辈汉译本作参考，至少在理解原著时，要比朱先生当年省力得多，所以翻译速度上最高达到一万字是不难的。但是翻译成诗体就是另外一回事了。这比自己写诗还要难得多。写诗是自己随意发挥，译诗则必须按照别人的意思发挥，等于是戴着镣铐跳舞。笔者自己写诗，诗兴浓时，一天数百行都可以写得出来，但是翻译诗，一天只能是几十行，统计成字数，往往还不到一千字，最多只是朱生豪先生散文翻译速度的十分之一。梁实秋先生翻译《莎士比亚全集》用的也是散文，但是也花了 37 年，如果要翻译成真正的诗体，那么至少得 370 年！由此可见，真正的诗体《莎士比亚全集》汉译本的诞生，有多么艰难。此次笔者约稿的各位译者，都是用诗体翻译，并且都表示花费了大量的时间，

1　见朱生豪大约在 1936 年夏致宋清如信："今天下午，我试译了两页莎士比亚，还算顺利，不
　　过恐怕终于不过是 Poor Stuff 而已。当然预备全部用散文译出，否则将要了我的命。"（《伉
　　俪：朱生豪宋清如诗文选》下卷，中国青年出版社，2013 年，第 94 页）

2　朱生豪："今天因为提起了精神，却很兴奋，晚上译了六千字，今天一共译一万字。"（同上，
　　第 101 页）

皇家版《莎士比亚全集》译本凝聚了诸位译者的多少努力，也就不言而喻了。

翻译诗体分辨：不是分了行就是真正的诗

主张将莎士比亚剧作翻译成诗体成了共识，但是什么才是诗体，却缺乏共识。在白话诗盛行的时代，许多人只是简单地认定分了行的文字就是诗这个概念。分行只是一个初级的现代诗要求，甚至不必是必然要求，因为有些称为诗的文字甚至连分行形式都没有。不过，在莎士比亚作品的翻译上，要让译文具有诗体的特征，首先是必定要分行的，因为莎士比亚原作本身就有严格的分行形式。这个不用多说。但是译文按莎士比亚的方式分了行，只是达到了一个初级的低标准。莎士比亚的剧文读起来像不像诗，还大有讲究。

卞之琳先生对此是颇有体会的。他的译本是分行式诗体，但是他自己也并不认为他译出的莎士比亚剧本就是真正的诗体译本。他说：读者阅读他的译本时，"如果……不感到是诗体，不妨就当散文读，就用散文标准来衡量"。[1] 这是一个诚实的译者说出的诚实话。不过，卞先生很谦虚，他有许多剧文其实读起来还是称得上诗体的。原因是什么？原因是他注意到了笔者上文提到的两点：第一，诗的措辞；第二，诗的节奏。只不过他迫于某些客观原因，并没有自始至终侧重这方面的追求而已。

显然，一些译本翻译了莎士比亚的剧文，在行数上靠近莎士比亚原作，措辞也还流畅。这些是不是就是理想的诗体莎士比亚译本呢？笔者认为，这还不够。什么是诗，对于中国人来说有几千年的历史，我们不

1　卞之琳：《莎士比亚悲剧四种》，方志出版社，2007年，第4页。

能脱离这个悠久的传统来讨论这个问题。为此，我们不得不重新提到一些基本概念：什么是诗？什么是诗歌翻译？

诗歌是语言艺术，诗歌翻译也就必须是语言艺术

讨论诗歌翻译必须从讨论诗歌开始。

诗主情。诗言志。诚然。但诗歌首先应该是一种精妙的语言艺术。同理，诗歌的翻译也就不得不首先表现为同类精妙的语言艺术。若译者的语言平庸而无光彩，与原作的语言艺术程度差距太远，那就最多只是原诗含义的注释性文字，算不得真正的诗歌翻译。

那么，何谓诗歌的语言艺术？

无他，修辞造句、音韵格律一整套规矩而已。无规矩不成方圆，无限制难成大师。奥运会上所有的技能比赛，无不按照特定的规矩来显示参赛者高妙的技能。德国诗人歌德（Johann Wolfgang von Goethe）《自然和艺术》（"Natur und Kunst"）一诗最末两行亦彰扬此理：

非限制难见作手，

唯规矩予人自由。[1]

艺术家的"自由"，得心应手之谓也。诗歌既为语言艺术，自然就有一整套相应的语言艺术规则。诗人应用这套规则时，一旦达到得心应手的程度，那就是达到了真正成熟的境界。当然，规矩并非一点都不可打破，但只有能够将规矩使用到随心所欲而不逾矩的程度的人，才真正有资格去创立新规矩，丰富旧规矩。创新是在承传旧规则长处的基础上来进行的，而不是完全推翻旧规则，肆意妄为。事实证明，在语言艺术上

---

1 In der Beschränkung zeigt sich erst der Meister, / Und das Gesetz nur kann uns Freiheit geben. 参见 http://www.business-it.nl/files/7d413a5dca62fc735a072b16fbf050b1-27.php.

凡无视积淀千年的诗歌语言规则，随心所欲地巧立名目、乱行胡来者，永不可能在诗歌语言艺术上取得大的成就，所以歌德认为：

若徒有放任习性，

则永难至境遨游。[1]

　　诗歌语言艺术如此需要规则，如此不可放任不羁，诗歌的翻译自然也同样需要相类似的要求。这个要求就是笔者前面提出的主张：若原诗是精妙的语言艺术，则理论上说来，译诗也应是同类精妙的语言艺术。

　　但是，"同类"绝非"同样"。因为，由于原作和译作使用的语言载体不一样，其各自产生的语言艺术规则和效果也就各有各的特点，大多不可同样复制、照搬。所以译作的最高目标，是尽可能在译入语的语言艺术领域达到程度大致相近的语言艺术效果。这种大致相近的艺术效果程度可叫作"最佳近似度"。它实际上也就是一种翻译标准，只不过针对不同的文类，最佳近似度究竟在哪些因素方面可最佳程度地（并不一定是最大程度地）取得近似效果，不是一成不变的，而是具有高度的灵活性。不同的文类，甚至针对不同的受众，我们都可以设定不同的最佳近似度。这点在拙著《中西诗比较鉴赏与翻译理论》（清华大学出版社，2010 年）的相关章节中有详细的厘定，此不赘。

话与诗的关系：话不是诗

　　古人的口语本来就是白话，与现在的人说的口语是白话一个道理。

1　Vergebens werden ungebundene Geister / Nach der Vollendung reiner Höhe streben.
　　参 见 http://www.cosmiq.de/qa/show/3454062/Vergebens-werden-ungebundne-Geister-Nach-der-Vollendung-reiner-Hoehe-streben-Was-ist-die-Bedeutung-dieser-2-Verse-Ich-komm-nicht-drauf/t.

正因为白话太俗，不够文雅，古人慢慢将白话进行改进，使它更加规范、更加准确，并且用语更加丰富多彩，于是文言产生。在文言的基础上，还有更文的文字现象，那就是诗歌，于是诗歌产生。所以就诗歌而言，文言味实际上就是一种特殊的诗味。文言有浅近的文言，也有佶屈聱牙的文言。中国传统诗歌绝大多数是浅近的文言，但绝非口语、白话。诗中有话的因素，自不待言，但话的因素往往正是诗试图抑制的成分。

文言和诗歌的产生是低俗的口语进化到高雅、准确层次的标志。文言和诗歌的进一步发展使得语言的艺术性愈益增强。最终，文言和诗歌完成了艺术性语言的结晶化定型。这标志着古代文学和文学语言的伟大进步。《诗经》、楚辞、唐诗、宋词、元明戏曲，以及从先秦、汉、唐、宋、元至明清的散文等，都是中国语言艺术逐步登峰造极的明证。

人们往往忘记：话不是诗，诗是话的升华。话据说至少有几十万年的历史，而诗却只有几千年的历史。白话通过漫长的岁月才升华成了诗。因此，从理论上说，白话诗不是最好的诗，而只是低层次的、初级的诗。当一行文字写得不像是话时，它也许更像诗。"太阳落下山去了"是话，硬说它是诗，也只是平庸的诗，人人可为。而同样含义的"白日依山尽"不像是话，却是真正的诗，非一般人可为，只有诗人才写得出。它的语言表达方式与一般人的通用白话脱离开来了，实现了与通用语的偏离（deviation from the norm）。这里的通用语指人们天天使用的白话。试想把唐诗宋词译成白话，还有多少诗味剩下来？

谢谢古代先辈们一代又一代、不屈不挠的努力，话终于进化成了诗。

但是，20 世纪初一些激进的中国学者鼓荡起一场声势浩大的白话文运动。

客观说来，用白话文来书写、阅读自然科学和人文科学文献，例如哲学、政治学、伦理学、经济学等等文献，这都是**伟大的进步**。这个进步甚至可以上溯到八百多年前朱熹等大学者用白话体文章传输伦理学思想。对此笔者非常拥护，非常赞成。

但是约一百年前的白话诗运动却未免走向了极端，事实上是一种语言艺术方面的倒退行为。已经高度进化的诗词曲形式被强行要求返祖回归到三千多年前的类似白话的状态，已经高度语言艺术化了的诗被强行要求退化成话。艺术性相对较低的白话反倒成了正统，艺术性较高的诗反倒成了异端。其实，容许口语类白话诗和文言类诗并存，这才是正确的选择。但一些激进学者故意拔高白话地位，在诗歌创作领域搞成白话至上主义，这就走上了极端主义道路。

这个运动影响到诗歌翻译的结果是什么呢？结果是西方所有的大诗人，不论是古代的还是近代的，如荷马（Homer）、但丁（Dante）、莎士比亚、歌德、雨果（Victor Hugo）、普希金（Alexander Pushkin）……都莫名其妙地似乎用同一支笔写出了 20 世纪初才出现的味道几乎相同的白话文汉诗！

将产生这种极端性结果的原因再回推，我们会清楚地明白，当年的某些学者把文学艺术简单雷同于人文社会科学，误解了文学艺术，尤其是诗歌艺术的特殊性质，误以为诗就是话，混淆了诗与话的形式因素。

针对莎士比亚戏剧诗的翻译对策

由上可知，莎士比亚的剧文既然大多是格律诗，无论有韵无韵，它们都是诗，都有格律性。因此在汉译中，我们就有必要显示出它具有格律性，而这种格律性就是诗性。

问题在于，格律性是附着在语言形式上的；语言改变了，附着其上的格律性也就大多会消失。换句话说，格律大多不可复制或模仿，这就正如用钢琴弹不出二胡的效果，用古筝奏不出黑管的效果一样。但是，原作的内在旋律是可以模仿的，只是音色变了。原作的诗性是可以换个形式营造的，这就是利用汉语本身的语言特点营造出大略类似的语言艺术审美效果。

由于换了另外一种语言媒介，原作的语音美设计大多已经不能照搬、复制，甚至模拟了，那么我们就只好断然舍弃掉原作的许多语音美设计，而代之以译入语自身的语言艺术结构产生的语音美艺术设计。当然，原作的某些语音美设计还是可以尝试模拟保留的，但在通常的情况下，大多数的语音美已经不可能传输或复制了。

利用汉语本身的语音审美特点来营造莎士比亚诗歌的汉译语音审美效果，是莎士比亚作品翻译的一个有效途径。机械照搬原作的语音审美模式多半会失败，并且在大多数的场合下也没有必要。

具体说来，这就涉及翻译莎士比亚戏剧作品时该如何处理：1）节奏；2）韵律；3）措辞。笔者主张，在这三个方面，我们都可以适当借鉴利用中国古代词曲体的某些因素。戏剧剧文中的诗行一般都不宜多用单调的律诗和绝句体式。元明戏剧为什么没有采用前此盛行的五言或七言诗行而采用了长短错杂、众体皆备的词曲体？这是一种艺术形式发展的必然。元明曲体由于要更好更灵活地满足抒情、叙事、论理等诸多需要，故借用发展了词的形式，但不是纯粹的词，而是融入了民间语汇。词这种形式涵盖了一言、二言、三言、四言、五言、六言、七言、八言……乃至十多言的长短句式，因此利于表达变化莫测的情、事、理。从这个意义上看，莎士比亚剧文语言单位的参差不齐状态与中文词曲体句式的参差不齐状态正好有某种相互呼应的效果。

也许有人说，莎士比亚的剧文虽然是格律诗，但并不怎么押韵，因此汉诗翻译也就不必押韵。这个说法也有一定道理，但是道理并不充实。

首先，我们应该明白，既然莎士比亚的剧文是诗体，人们读到现今的散体译文或不押韵的分行译文却难以感受到其应有的诗歌风味，原因即在于其音乐性太弱。如果人们能够照搬莎士比亚素体诗所惯常用的音步效果及由此引起的措辞特点，当然更好。但事实上，原作的节奏效果是印欧语系语言本身的效果，换了一种语言，其效果就大多不能搬用了，所以我们只好利用汉语本身的优势来创造新的音乐美。这种音乐美很难说是原作的音乐美，但是它毕竟能够满足一点：即诗体剧文应该具有诗歌应有的音乐美这个起码要求。而汉译的押韵可以强化这种音乐美。

其次，莎士比亚的剧文不押韵是由诸多因素造成的。第一，属于印欧语系语言的英语在押韵方面存在先天的多音节不规则形式缺陷，导致押韵词汇范围相对较窄。所以对于英国诗人来说，很苦于押韵难工；莎士比亚的许多押韵体诗，例如十四行诗，在押韵方面都不很工整。其次，莎士比亚的剧文虽不押韵，却在节奏方面十分考究，这就弥补了音韵方面的不足。第三，莎士比亚的剧文几乎绝大多数是诗行，对于剧作者来说，每部长达两三千行的诗行行都要押韵，这是一个极大的挑战，很难完成。而一旦改用素体，剧作者便会轻松得多。但是，以上几点对于汉语译本则不是一个问题。汉语的词汇及语音构成方式决定了它天生就是一种有利于押韵的艺术性语言。汉语存在大量同韵字，押韵是一件很容易的事情。汉语的语音音调变化也比莎士比亚使用的英语的音调变化空间大一倍以上。汉语音调至少有四种（加上轻重变化可达六至八种），而英语的音调主要局限于轻重语调两种，所以存在于印欧语系文字诗歌中的频频押韵有时会产生的单调感，在汉语中会在很大程度上由于语调的多变而得到缓解。故汉语戏剧剧文在押韵方面有很大的潜在优势空间，实际上元明戏剧剧文频频押韵就是证明。

第三，莎士比亚的剧文虽然很多不押韵，但却具极强的节奏感。他惯用的格律多半是抑扬格五音步（iambic pentameter）诗行。如果我们在节奏方面难以传达原作的音美，或者可以通过韵律的音美来弥补节奏美的丧失，这种翻译对策谓之堤内损失堤外补，亦谓失之东隅，收之桑榆。我们的语言在某方面有缺陷，可以通过另一方面的优点来弥补。当然，笔者主张在一定程度上借鉴利用传统词曲的风味，却并不主张使用宋词、元曲式的严谨格律，而只是追求一种过分散文化和过分格律化之间的妥协状态。有韵但是不严格，要适当注意平仄，但不过多追求平仄效果及诗行的整齐与否；不必有太固定的建行形式，只是根据诗歌本身的内容和情绪赋予适当的节奏与韵式。在措辞上则保持与白话有一段距离，但是绝非佶屈聱牙的文言，而是趋近典雅、但普通读者也能读懂的语言。

最后，根据翻译标准多元互补论原理，由于莎士比亚作品在内容、形式及审美效应方面具有多样性，因此，只用一种类乎纯诗体译法来翻译所有的莎士比亚剧文，也是不完美的，因为单一的做法也许无形中堵塞了其他有益的审美趣味通道。因此，这套译本的译风虽然整体上强调诗化、诗味，但是在营造诗味的途径和程度上不是单一的。我们允许诗体译风的灵活性和创新性。多译者译法实际上也是在探索诗体译法的诸多可能性，这为我们将来进一步改进这套译本铺垫了一条较宽的道路。因此，译文从严格押韵、半押韵到不押韵的各个程度，译本都有涉猎。但是，无论是否押韵，其节奏和措辞应该总是富于诗意，这个要求则是统一的。这是我们对皇家版《莎士比亚全集》译本的语言和风格要求。不能说我们能完全达到这个目标，但我们是往这个方向努力的。正是这样的努力，使这套译本与前此译本有很大的差异，在一定的意义上来说，标志着中国莎士比亚著作翻译的一次大转折。

翻译突破：还原莎士比亚作品禁忌区域

另有一个课题是中国学者从前讨论得比较少的禁忌领域，即莎士比亚著作中的性描写现象。

许多西方学者认为，莎士比亚酷爱色情字眼，他的著作渗透着性描写、性暗示。只要有机会，他就总会在字里行间，用上与性相联系的双关语。西方人很早就搜罗莎士比亚著作的此类用语，编纂了莎士比亚淫秽用语词典。这类词典还不止一种。1995 年，我又看到弗朗基·鲁宾斯坦（Frankie Rubinstein）等编纂了《莎士比亚性双关语释义词典》（*A Dictionary of Shakespeare's Sexual Puns and Their Significance*），厚达372 页。

赤裸裸的性描写或过多的淫秽用语在传统中国文学作品中是受到非议的，尽管有《金瓶梅》这样被判为淫秽作品的文学现象，但是中国传统的主流舆论还是抑制这类作品的。莎士比亚的作品固然不是通常意义上的淫秽作品，但是它的大量实际用语确实有很强的色情味。这个极鲜明的特点恰恰被前此的所有汉译本故意掩盖或在无意中抹杀掉。莎士比亚的所有汉译者，尤其是像朱生豪先生这样的译者，显然不愿意中国读者看到莎士比亚的文笔有非常泼辣的大量使用性相关脏话的特点。这个特点多半都被巧妙地漏译或改译。于是出现一种怪现象，莎士比亚著作中有些大段的篇章变成汉语后，尽管读起来是通顺的，读者对这些话语却往往感到莫名其妙。以《罗密欧与朱丽叶》第一幕第一场前面的 30 行台词为例，这是凯普莱特家两个仆人山普孙与葛莱古里之间的淫秽对话。但是，读者阅读过去的汉译本时，很难看到他们是在说淫秽的脏话，甚至会认为这些对话只是仆人之间的胡话，没有什么意义。

不过，前此的译本对这类用语和描写的态度也并不完全一样，而是依据年代距离在逐步改变。朱生豪先生的译本对这些东西删除改动得最多，梁实秋先生已经有所保留，但还是有节制。方平先生等的译本保留得更多一些，但仍然持有相当的保留态度。此外，从英语的不同版本看，有的版本注释得明白，有的版本故意模糊，有的版本注释者自己也没有弄懂这些双关语，那就更别说中国译者了。

在这一点上，我们目前使用的皇家版《莎士比亚全集》是做得最好的。

那么，我们该怎样来翻译莎士比亚的这种用语呢？是迫于传统中国道德取向的习惯巧妙地回避，还是尽可能忠实地传达莎士比亚的本真用意？我们认为，前此的译本依据各自所处时代的中国人道德价值的接受状态，采用了相应的翻译对策，出现了某种程度的曲译，这是可以理解的，是特定历史条件下的产物。但是，历史在前进，中国人的道德观已经有了很大的改变，尤其是在性禁忌领域。说实话，无论我们怎样真实地还原莎士比亚著作中的性双关描写，比起当代文学作品中有时无所忌讳的淫秽描写来，莎士比亚还真是有小巫见大巫的感觉。换句话说，目前中国人在这方面的外来道德价值接受状态，已经完全可以接受莎士比亚著作中的性双关用语了。因此，我们的做法是尽可能真实还原莎士比亚性相关用语的现象。在通常的情况下，如果直译不能实现这种现象的传输，我们就采用注释。可以说，在这方面，目前这个版本是所有莎士比亚汉译本中做得最超前的。

译法示例

莎士比亚作品的文字具有多种风格，早期的、中期的和晚期的语言风格有明显区别，悲剧、喜剧、历史剧、十四行诗的语言风格也有区别。甚至同样是悲剧或喜剧，莎士比亚的语言风格往往也会很不相同。比如同样是属于悲剧，《罗密欧与朱丽叶》剧文中就常常有押韵的段落，而大悲剧《李尔王》却很少押韵；同样是喜剧，《威尼斯商人》是格律素体诗，而《快乐的温莎巧妇》却大多是散文体。

　　与此现象相应，我们的翻译当然也就有多种风格。虽然不完全一一对应，但我们有意避免将莎士比亚著作翻译成千篇一律的一种文体。从这个意义上说，皇家版《莎士比亚全集》汉译本在某些方面采用了全新的译法。这种全新译法不是孤立的一种译法，而是力求展示多种翻译风格、多种审美尝试。多样化为我们将来精益求精提供了相对更多的选择。如果现在固定为一种单一的风格，那么将来要想有新的突破，就困难了。概括说来，我们的多种翻译风格主要包括：1）有韵体诗词曲风味译法；2）有韵体现代文白融合译法；3）无韵体白话诗译法。下面依次选出若干相应风格的译例，供读者和有关方面品鉴。

一、有韵体诗词曲风味译法

　　有韵体诗词曲风味译法注意使用一些传统诗词曲中诗味比较浓郁的词汇，同时注意遣词不偏僻，节奏比较明快，音韵也比较和谐。但是，它们并不是严格意义上的传统诗词曲，只是带点诗词曲的风味而已。例如：

女巫甲　何时我等再相逢？

　　　　　闪电雷鸣急雨中？

女巫乙　待到硝烟烽火静，

　　　　　沙场成败见雌雄。

女巫丙　残阳犹挂在西空。　　　　　　　　　（《麦克白》第一幕第一场）

小丑甲　当时年少爱风流，

　　　　　有滋有味有甜头；

　　　　　行乐哪管韶华逝，

　　　　　天下柔情最销愁。　　　　　　　　（《哈姆莱特》第五幕第一场）

朱丽叶　天未曙，罗郎，何苦别意匆忙？
　　　　鸟音啼，声声亮，惊骇罗郎心房。
　　　　休听作破晓云雀歌，只是夜莺唱，
　　　　石榴树间，夜夜有它设歌场。
　　　　信我，罗郎，端的只是夜莺轻唱。

罗密欧　不，是云雀报晓，不是莺歌，
　　　　看东方，无情朝阳，暗洒霞光，
　　　　流云万朵，镶嵌银带飘如浪。
　　　　星斗如烛，恰似残灯剩微芒，
　　　　欢乐白昼，悄然驻步雾嶂群岗。
　　　　奈何，我去也则生，留也必亡。

朱丽叶　听我言，天际微芒非破晓霞光，
　　　　只是金乌，吐射流星当空亮，
　　　　似明炬，今夜为郎，朗照边邦，
　　　　何愁它曼托瓦路，漫远悠长。
　　　　且稍待，正无须行色皇皇仓仓。

罗密欧　纵身陷人手，蒙斧钺加诛于刑场；
　　　　只要这勾留遂你愿，我欣然承当。
　　　　让我说，那天际灰朦，非黎明醒眼，
　　　　乃月神眉宇，幽幽映现，淡淡辉光；
　　　　那歌鸣亦非云雀之讴，哪怕它
　　　　嚣然振动于头上空冥，嘹亮高亢。
　　　　我巴不得栖身此地，永不他往。
　　　　来吧，死亡！倘朱丽叶愿遂此望。
　　　　如何，心肝？畅谈吧，趁夜色迷茫。

　　　　　　　　　　（《罗密欧与朱丽叶》第三幕第五场）

二、有韵体现代文白融合译法

有韵体现代文白融合译法的特点是：基本押韵，措辞上白话与文言尽量能够水乳交融；充分利用诗歌的现代节奏感，俾便能够念起来朗朗上口。例如：

哈姆莱特 死，还是生？这才是问题根本：

莫道是苦海无涯，但操戈奋进，

终赢得一片清平；或默对逆运，

忍受它箭石交攻，敢问，

两番选择，何为上乘？

死灭，睡也，倘借得长眠

可治心伤，愈千万肉身苦痛痕，

则岂非美境，人所追寻？死，睡也，

睡中或有梦魇生，唉，症结在此；

倘能撒手这碌碌凡尘，长入死梦，

又谁知梦境何形？念及此忧，

不由人踌躇难定：这满腹疑情

竟使人苟延年命，忍对苦难平生。

假如借短刀一柄，即可解脱身心，

谁甘愿受人世的鞭挞与讥评，

强权者的威压，傲慢者的骄横，

失恋的痛楚，法律的耽延，

官吏的暴虐，甚或默受小人

对贤德者肆意拳脚加身？

谁又愿肩负这如许重担，

流汗、呻吟，疲于奔命，

倘非对死后的处境心存疑云，

惧那未经发现的国土从古至今
无孤旅归来，意志的迷惘
使我辈宁愿忍受现世的忧闷，
而不敢飞身投向未知的苦境？
前瞻后顾使我们全成懦夫，
于是，本色天然的决断决行，
罩上了一层思想的惨淡余阴，
只可惜诸多待举的宏图大业，
竟因此如逝水忽然转向而行，
失掉行动的名分。　　　（《哈姆莱特》第三幕第一场）

麦克白　　若做了便是了，则快了便是好。
若暗下毒手却能横超果报，
割人首级却赢得绝世功高，
则一击得手便大功告成，
千了百了，那么此际此宵，
身处时间之海的沙滩、岸畔，
何管它来世风险逍遥。但这种事，
现世永远有裁判的公道：
教人杀戮之策者，必受杀戮之报；
给别人下毒者，自有公平正义之手
让下毒者自食盘中毒肴。　　　（《麦克白》第一幕第七场）

损神，耗精，愧煞了浪子风流，
都只为纵欲眠花卧柳，
阴谋，好杀，赌假咒，坏事做到头；

心毒手狠，野蛮粗暴，背信弃义不知羞。

才尝得云雨乐，转眼意趣休。

舍命追求，一到手，没来由

便厌腻个透。呀恰，恰像是钓钩，

但吞香饵，管教你六神无主不自由。

求时疯狂，得时也疯狂，

曾有，现有，还想有，要玩总玩不够。

适才是甜头，转瞬成苦头。

求欢同枕前，梦破云雨后。

唉，普天下谁不知这般儿歹症候，

却避不得便往这通阴曹的天堂路儿上走！

（十四行诗第一百二十九首）

三、无韵体白话诗译法

无韵体白话诗译法的特点是：虽然不押韵，但是译文有很明显的和谐节奏，措辞畅达，有诗味，明显不是普通的口语。例如：

贡妮芮　父亲，我爱您非语言所能表达；

胜过自己的眼睛、天地、自由；

超乎世上的财富或珍宝；犹如

德貌双全、康强、荣誉的生命。

子女献爱，父亲见爱，至多如此；

这种爱使言语贫乏，谈吐空虚：

超过这一切的比拟——我爱您。（《李尔王》第一幕第一场）

李尔　国王要跟康沃尔说话，慈爱的父亲

要跟他女儿说话，命令、等候他们服侍。

这话通禀他们了吗？我的气血都飙起来了！
火爆？火爆公爵？去告诉那烈性公爵——
不，还是别急：也许他是真不舒服。
人病了，常会疏忽健康时应尽的
责任。身子受折磨，
逼着头脑跟它受苦，
人就不由自主了。我要忍耐，
不再顺着我过度的轻率任性，
把难受病人偶然的发作，错认是
健康人的行为。我的王权废掉算了！
为什么要他坐在这里？这种行为
使我相信公爵夫妇不来见我
是伎俩。把我的仆人放出来。
去跟公爵夫妇讲，我要跟他们说话，
现在就要。叫他们出来听我说，
不然我要在他们房门前打起鼓来，
不让他们好睡。　　　　（《李尔王》第二幕第二场）

奥瑟罗　诸位德高望重的大人，
我崇敬无比的主子，
我带走了这位元老的女儿，
这是真的；真的，我和她结了婚，说到底，
这就是我最大的罪状，再也没有什么罪名
可以加到我头上了。我虽然
说话粗鲁，不会花言巧语，
但是七年来我用尽了双臂之力，

直到九个月前，我一直
都在战场上拼死拼活，
所以对于这个世界，我只知道
冲锋向前，不敢退缩落后，
也不会用漂亮的字眼来掩饰
不漂亮的行为。不过，如果诸位愿意耐心听听，
我也可以把我没有化装掩盖的全部过程，
一五一十地摆到诸位面前，接受批判：
我绝没有用过什么迷魂汤药、魔法妖术，
还有什么歪门邪道——反正我得到他的女儿，
全用不着这一套。　　　　（《奥瑟罗》第一幕第三场）

目 录

《亨利六世》三联剧导言

　　《亨利五世》（*Henry V*）以致辞者宣读一段十四行诗形式的收场白而结束。这段收场白所预瞻的未来或多或少削弱了阿让库尔（一译阿金库尔）之战胜利所带来的喜悦。亨利五世这颗"英格兰之星"终将不寿。法兰西这个"人间最美的花园"，面对他的雄才大略俯首臣服，但不久便会杂草丛生。他襁褓中的儿子将被加冕为英格兰和法兰西国王。当时众多政敌把持国政，"丢了法兰西，血染英格兰，/ 这段历史常见于戏文之中。"莎士比亚以此来提醒观众，他的历史剧系列完整无缺：至此，从《理查二世》（*Richard II*）到《亨利五世》这一连串剧目同之前所写的四联剧（《亨利六世》上、中、下三篇和《理查三世》[*Richard III*]）衔接起来。在现代制作中，这些剧有时会集在一起，冠以《玫瑰战争》（*The Wars of the Roses*）或《金雀花王朝》（*The Plantagenets*）之类的标题，共同讲述英格兰自相残杀、"分崩离析"的故事。

　　在《亨利六世》上篇中，尽管塔尔博特勋爵骁勇善战，战绩卓著，但亨利五世对法兰西奇迹般的征服还是发生了逆转；与此同时，内战也开始在英国本土酝酿起来。在中篇里，与法兰西的战争因英王亨利六世迎娶安茹的玛格丽特而告一段落，但是这位软弱的国王无力阻止约克家族派系的反叛。在下篇的开头，王位继承权被迫让与约克公爵理查，但理查登基称王的美梦在约克郡的战场上戛然而止，让玛格丽特王后给他的生命画上了一个不光彩的句号；在余下的剧情中，理查诸子一直伺机替父报仇——而在诸子当中，当属格洛斯特公爵理查，也就是日后的理查三世，最不择手段，因此也最令人畏惧。

浪漫主义诗人兼莎士比亚评论家塞缪尔·泰勒·柯尔律治（Samuel Taylor Coleridge，一译柯勒律治）对这部血腥的三联剧评价不高。他在论及上篇开头几行时说："这段话断无可能出自莎士比亚手笔，如果您觉察不出来的话，那我就只能冒昧地说，您也许长了两只耳朵——因为别的动物都有两只耳朵——但您绝不可能有任何欣赏能力。"对他自己那敏锐的诗歌鉴赏能力而言，这段诗的韵律节奏粗糙拙劣，甚至远在莎士比亚最早期的作品之下。柯尔律治讲授莎士比亚课程是在埃德蒙·马隆（Edmond Malone）发表那篇博学的《论亨利六世三联剧——试证此三剧并非莎士比亚之原创》（*Dissertation on the Three Parts of King Henry VI, tending to show that these plays were not written originally by Shakespeare*）仅仅数年之后。自从莎士比亚在18世纪一路攀升至至尊文化偶像高位后，人们便一直倾向于认为任何不完美的作品——比方说《泰特斯·安德洛尼克斯》（*Titus Andronicus*）或《佩力克里斯》（*Pericles*）——肯定是某位水平稍逊的剧作家所著，要么，顶多莎士比亚只是对一部支离破碎的旧剧做了些修补而已，他是无须负原创者之责的。就《亨利六世》三联剧而言，中、下两篇存在早期版本——剧名分别为《约克和兰开斯特两大名门之争上篇与好公爵汉弗莱之死》（*The First Part of the Contention of the two Famous Houses of York and Lancaster with the Death of the Good Duke Humphrey*，出版于1594年）和《约克公爵理查的真实悲剧与好国王亨利六世之死及约克和兰开斯特两大家族之争本末》（*The True Tragedy of Richard Duke of York and the Death of Good King Henry the Sixth, with the Whole Contention between the two houses Lancaster and York,*

出版于 1595 年），这似乎支持后一种说法。马隆及其后继者主张这些剧为原作，出自另一剧作家（很可能是所谓的"大学才子派"[university wits] 中的一位，罗伯特·格林 [Robert Greene] 或乔治·皮尔 [George Peele]）之手，而莎士比亚只是做了校订工作。至于《亨利六世》上篇，马隆基本否定了其出自莎士比亚之手的可能性。尽管他有对文本的学术研究作为依据，但其论点还是出于对这些剧中韵文风格吹毛求疵的反感，即，使得"意思在每一行末均无一例外地完结或停顿"的"庄严进行曲"风格。

近些年来，有学者指出《之争上篇》和《约克公爵理查》事实上是莎士比亚作品的原文，尽管誊写得很糟糕。剧名中的"上篇"和"之争本末"强烈暗示，我们现在称为《亨利六世》中篇和下篇的两剧原本就是一部作品的两部分。这两部剧很有可能制作于 16 世纪 90 年代早期，适值克里斯托弗·马洛（Christopher Marlowe）的巨制《帖木儿大帝》（*Tamburlaine the Great*）已经确立了一股二联剧风潮，其中充斥着战争、队列行进和高调诗行。

那么，我们现在称作《亨利六世》上篇的作品则略显不同。鉴于它似乎是于 1592 年首次公演——并且好评如潮，它很可能写于两部玫瑰战争剧（即现在所称的中篇和下篇）之后。或许，用现代电影业行话来说，它叫作"前传"，旨在借助一部票房大片的成功继续吸金。该剧不仅前后缺乏一致性，而且不同场景在资料来源上也不尽相同，这说明它有可能是不同作家合作的产物。曾与马洛合作过的托马斯·纳什（Thomas Nashe）被认为是主要贡献者，但可能有三位乃至四位作家参与了创作。莎士比亚可能不是塔尔博特 / 贞德那场戏的主要创作者，这一点能够解释被视为三联剧的这个系列剧中的某些前后矛盾之处。其中，中篇里的格洛斯特公爵汉弗莱是一个颇有政治家风范的形象，一个不输亡兄亨利五世的护国公，而在上篇中他的形象却比较粗陋；而且情节上也有不一致之处，交还安茹、曼恩两地是英王亨利六世迎娶安茹的玛格丽特的前提条件，这一条件在中篇里饱受诟病，而在上篇议婚过程中却并未遭到任何异议。

长久以来，确定文学作品著作者有一个传统做法，即文体检验——诗行阴性行尾[1]偏好、缩合词（them 与 'em）、语法功能词使用频率等。大规模文本数据库和处理这些数据的计算机程序得到应用之后，意味着此类检验日益精密可靠。若几个不同的检验得出相同结果，便可初步认为证据达到了概率的科学标准。21 世纪此类文体计量学[2]研究表明，可以确信中篇几乎全系莎士比亚手笔，而关于下篇仍有一些疑问，至于上篇，莎士比亚很可能只写了其中几场戏。对于这些研究结果，也许唯一令人生疑的是，它们来得似乎太轻省了，竟和关于此三剧各自相对戏剧性的共识如此一致：中篇富有壮观绚丽的莎士比亚式活力和变化，且几乎每次上演都非常叫好；下篇有一些极有力的舌战戏份，但多有拖沓之处；上篇一般评价最差，但有两处例外：一是第二幕摘玫瑰那场戏，二是第四幕塔尔博特父子在战场上那段令人动容的对话，计算机检验认定这两场戏出自莎士比亚笔下。

剧中那些非莎士比亚风格的语言痕迹究竟是莎氏所校订的老剧本的残遗，还是不同剧作家积极合作的标志，这一点目前无法确定。我们也无从知晓此三剧在莎士比亚有生之年是否以三联剧的形式上演过。它们只是在他身后出版的 1623 年第一对开本中才被标为三联剧的，该对开本收集了莎士比亚的全部历史剧，并按照题材年代而非创作时间排定顺序。由于大反派格洛斯特的理查在中篇和下篇中出现，人们很容易把整组剧

1　阴性行尾：诗行末尾采用弱音节，即最后一个重音在倒数第二个音节上。

2　文体计量学（stylometrics）：用统计分析法分析一篇文章来确定其作者的一种学问。

目看作以《理查三世的悲剧》(*The Tragedy of Richard the Third*) 为大结局的四联剧。也许最好的做法是，一方面尝试单独看待这些剧——毕竟当初创作时就是要分开上演的，另一方面把它们当作莎士比亚所展现的英国历史全景图的一部分。

《理查三世》，这部约略于 1592 年到 1594 年之间首次搬上舞台的莎剧的确似乎标志着莎士比亚戏剧艺术的一个巨大飞跃。虽然"驼背理查"这个角色成就了众多伟大演员——从 18 世纪的大卫·加里克 (David Garrick) 到 19 世纪的埃德蒙·基恩 (Edmund Kean)，再到 20 世纪的安东尼·谢尔 (Antony Sher)，但《亨利六世》系列剧在英国（或任何其他地方的）舞台上并不怎么受欢迎。中篇和下篇在英国王政复辟时期和摄政时期之间上演过几次，但改编、删减甚多，直到近三百年之后这个系列剧才全面重新上演，而且即使在之前并不叫座的莎剧《爱的徒劳》(*Love's Labour's Lost*)、《泰特斯·安德洛尼克斯》等得以风行的 20 世纪，也都只有大约六次大型演出：20 世纪初 F. R. 本森 (F. R. Benson) 的演绎，二战后不久巴里·杰克逊爵士 (Sir Barry Jackson) 的演出，约翰·巴顿 (John Barton) 和彼得·霍尔 (Peter Hall)（改写并压缩成两部戏，取名《玫瑰战争》）20 世纪 60 年代初在埃文河畔斯特拉特福的演出，在之后数十年特里·汉兹 (Terry Hands) 和阿德里安·诺布尔 (Adrian Noble) 在斯特拉特福的演出（后者将四联剧缩减为三联剧，取名《金雀花王朝》），外加迈克尔·波格丹诺夫 (Michael Bogdanov) 20 世纪 80 年代带着强烈的反撒切尔政治目的为英国莎士比亚剧团所做的巡演，在这次巡演中他大胆尝试着现代服装演出所有历史剧。

然而在 21 世纪初，命运发生了逆转：迈克尔·博伊德 (Michael Boyd) 导演了一个备受称赞的完整版，题为《这个英格兰》(*This*

England），在埃文河畔斯特拉特福天鹅剧院温馨私密的空间上演，后来他担任皇家莎士比亚剧团艺术总监之后，又将这一制作搬上了更大的舞台。与此同时，爱德华·霍尔（Edward Hall）追随父亲彼得·霍尔，缩三为二，将其改编为一个动感十足的版本，背景设置在屠宰场，取名《玫瑰之怒》（*Rose Rage*）。在新的千年，宗教战争死灰复燃，国家以及国家认同的内涵莫测无常，在这样一个时期，莎士比亚对分崩离析的都铎政体根基所进行的探究显得格外有先见之明。

《亨利六世》三联剧展现了莎士比亚戏剧创作技能的迅速成长。诗歌风格和舞台动作是从大学才子们那儿学来的，素材则取自散文体的英格兰编年史。爱德华·霍尔的《兰开斯特和约克两大名门望族的联合》（*Union of the Two Noble and Illustrious Families of Lancaster and York*，1548 年）被压缩篇幅，以反映历史发展模式。情节上更注重个体在国家命运这部大戏中所扮演的角色，而非单个角色本身。莎士比亚非常乐于篡改某个角色的年龄甚或本性，使其服从于他整体创作构思的需要。妖魔化格洛斯特的理查便是最突出的一例。我们将成熟时期的莎士比亚与沉思——哈利王（King Harry）或哈姆莱特王子（Prince Hamlet）苦恼的独语——联系起来，而这些早期莎剧的驱动力便是情节。上篇在基本构架之上运用了一系列变化：戏剧情节先于解释说明，然后一场戏会以警句式的重演结束；每一场戏的呈现方式都可以使不同角色的观点得以强调，或既有角色的新侧面得以展现。比方说，塔尔博特在奥弗涅伯爵夫人的城堡中的那场戏，凸显了一个之前被视为英勇楷模的男人谦恭有礼、谨慎稳健的一面。这也与之后萨福克和玛格丽特两者的敌对形成了鲜明对比：塔尔博特身上散发着亨利五世和英格兰征服法兰西时期的遗风，而萨福克则预示着国家分崩离析和玫瑰战争的到来。

莎士比亚在中篇里运用了一种后来在《李尔王》（*King Lear*）、《雅典的泰门》（*Timon of Athens*）等悲剧作品中得到沿用的结构模式：剧中男主角格洛斯特公爵汉弗莱，随着恶毒的敌人的司法构陷渐渐得势而日益陷入孤立无援的境地。但由于剧中主题是国家，而非个体英雄，汉弗莱在第三幕便遇害身亡，而剩余部分的主题则转为起义（第四幕杰克·凯德领导的无产阶级起义）和篡位图谋（约克公爵向伦敦发起的更具危险性的进军）。下篇在一片混乱中开场，前两幕均以战争结束（第一幕为韦克菲尔德之战，第二幕为陶顿之战），接着剧情在不安的平衡中展开，两位国王并立，他们各自对王权的声索在一系列令人眼花缭乱的冲突、和谈和倒戈变节之后才得以解决。

与平衡的场景结构并行的是形式修辞风格。该三联剧所呈现的世界的形式性也明显体现在戏剧舞台造型上。最能反映玫瑰战争内乱性质的莫过于下篇第二幕第五场中那一成对上场的场景：一个弑父的儿子自一侧台门登场，须臾一个杀子的父亲自另一侧台门亮相。二人登台猛然打断了英王亨利的沉思——他只想过平静的生活，宁愿做牧羊人也不愿做国王。这位羸弱而又虔诚的国王的愿望在第三幕第一场他再次出场时的舞台提示中得到了直观呈现："（亨利）国王乔装手持一祈祷书上。"他只有通过隐遁和乔装打扮才能实现成为神职人员的愿望。而即便如此，他的安宁生活也是转瞬即逝，因为两个猎场看守员无意中听到了他的独白，将他逮捕后交由篡位的英王爱德华关押。相比之下，当格洛斯特的理查在下一出剧中成为英王理查时，祈祷书本身则成了一种乔装形式。

无论该三联剧到底出自何人笔下，使其所以成为三联剧的统一主题是两种世界格局的互相斗争。对立双方不能和谐共处，于是混战上演。在上篇中，这种对立具体表现为法兰西对英格兰，贞德对塔尔博特，奇幻思维对理性思维，女性对男性，以及未点明的天主徒对新教徒。历史上的塔尔博特是天主徒，但对 16 世纪 90 年代早期的观众来说，他直言不讳的英国风范及其在欧洲大陆的英雄事迹不免让人想起一些勇武的战士，如16世纪80年代在西属荷兰的宗教战争中跟随莱斯特伯爵罗伯特·达德利（Robert Dudley）作战的菲利普·锡德尼爵士（Sir Philip Sidney）。另一方面，贞德是反天主教宣传中一个非常熟悉的形象：一个背负婊子恶名的处女（pucelle意为"处女"，而puzzel则暗指"妓女"），一个被歪曲为恶魔召唤者的圣徒烈士，一个被暗示神奇受孕而同天主教圣母马利亚崇拜联系起来的人物。

中篇的辩证之处在于安排正直忠诚的老格洛斯特公爵汉弗莱和虔诚向神的年轻国王亨利六世对阵诡计多端的金雀花派系。约克公爵理查的脑筋"比结网的蜘蛛还忙碌"，"织着精致的罗网以诱捕"他的敌人；他的儿子理查，日后的格洛斯特公爵和最终的英王理查三世，则会将这种语言及其父亲的老谋深算进一步发展到令人恐怖的地步。剧中许多角色在约克和兰开斯特两大家族之间朝秦暮楚，于是观众的恻隐之心也随着快速发展的情节而反复不定：中篇里权欲熏心的约克公爵在下篇里成了一个令人同情的形象，因为他在被刺死之前的最后时刻还被迫戴上了一顶纸糊的王冠。

莎士比亚并未透露自己支持哪一方，但他清楚历史发展的方向。就这一点而言，一个关键性事件便是中篇里辛普考克斯伪造神迹一事：亨利王上当受骗，那是其轻信的表现，而格洛斯特公爵汉弗莱则以驱魔人那种怀疑的口吻发出质问——与驱魔人相对应的同时代形象应当是追捕秘密天主徒的人。事实上，这场戏并非源自爱德华·霍尔的亲都铎王朝编年史，而是约翰·福克斯（John Foxe）的反天主教殉道者传。其他一些"中世纪"元素，即隐含的天主教元素，也遭到破坏：格洛斯特公爵夫人对巫术的执迷、铠甲匠霍纳同其学徒彼得之间的决斗裁判法均事与愿违。

新教反对圣徒和枢机等级制度，以人民的语言信奉《圣经》，它与宗教信仰民主化有关。中篇是三联剧当中稍涉大众心声的一篇（因此散体所占比例甚高，这在上篇和下篇中是完全见不到的），但不可因此认为中篇公开支持现代的民主观念。杰克·凯德在舞台上是一个非常讨人喜欢的角色，因为他和观众席上的普通老百姓说的是同一种语言；他的插科打诨给观众提供了暂别贵族阶级冠冕堂皇的花言巧语和卑鄙无耻的阴谋诡计而稍得喘息的良机，例如"我们要做的第一件事儿，就是把律师统统杀光"这样的台词在每个时代都能引起观众拍手大笑。但莎士比亚是靠他父亲所不具备的识字水平谋生的，因此很难说他会认可一个下令以会读书识字为罪名而绞死村中堂区教士的角色。而且凯德对未来英格兰的构想也是完全自相矛盾：

> **凯德** 所以，胆子要放大些，你们带头儿的胆子就很大，发誓要进行
> 改革。往后在英格兰卖三个半便士的面包只卖一个便士，三道箍
> 的酒壶一律改成十道箍的，我要把喝淡啤酒的人宣判为大逆不
> 道。所有的国土都为公众共有公用，我的坐骑要牵到齐普塞街
> 去放青；等我称了王，我肯定能称王——
>
> **众** 上帝保佑陛下！

这是一个具有两面性的"改革"：廉价面包、不掺水啤酒和土地公有听起来像是乌托邦，但凯德并非真的想要建立代议制政府。他想自己称王。莎士比亚在二十年后所著的《暴风雨》（The Tempest）中对侍臣贡柴罗（Gonzalo）的"共和国"理想故技重演："没有至高无上的君权——/但他想在这个岛上称王。"如果莎士比亚有一个伊甸园，那不会是一个尚未产生阶级差别、旧谣"亚当耕田夏娃织布时/哪有什么淑女和绅士？"所描绘的所在，而是一个英国绅士的田庄，一处遭凯德擅自闯入的清静幽居：肯特郡亚历山大·艾登的花园。

《亨利六世》三联剧有一个根本特质。戏剧的基础在于"对驳"（agon，希腊语词汇，意为"斗争"或"竞争"）。亚里士多德认为，自从有一个演员从歌队中分离出来开始与歌队其他成员对话，悲剧便诞生了。之后又分离出一个演员，于是对抗的机会进一步增加——第一个演员名曰"第一演员"（protagonist），第二个演员名曰"第二演员"（deuteragonist）。在历史悲剧的戏剧表现中，对话始终是一种"对驳"形式，会迅速升级为剧烈的情感（agony，"巨大的精神痛苦"），然后又升级为肢体暴力。莎士比亚以其高度自觉的戏剧艺术，始终能敏锐地洞察到戏剧表现中共存的数种"对驳"：在演员与其所饰角色之间（竭力演好一个角色），在演员与观众之间（竭力吸引注意力，让一群旁观者唏嘘惊诧），在每一个角色的内心（彼此冲突的欲望和责任的斗争），也在身处对话和舞台布置之中的不同角色之间。

战争顺理成章地成为对抗性世界的顶点：《亨利六世》三联剧以战争开篇，也以战争结尾。冲突逐渐加剧升级，尤其是下篇刻画了社会全面崩塌。该剧具有希腊悲剧摧肝裂胆、残酷无情的特点，人们的生死取决于一套复仇准则，父亲犯下的罪孽要由下一代来偿还，且语言在充满愤怒、痛苦、咒骂和连珠炮式短句交锋的原歌剧式华丽咏叹调之间不停转换，兰开斯特家族和约克家族——不论男女老少，为一己私利还是追求正义，赢家还是输家——之间无情的冲突于是被剥露得一览无余。在这个世界中，言语就是武器，不过间或也传递希望，正如英王亨利六世把双手搭在年幼的亨利·里士满的头上说：

> 过来，英格兰的希望。若冥冥中的力量
> 在我卜卦时的预示中不存在半点欺诳，
> 这位翩翩少年必将为我们国家带来吉祥。

他仪表堂堂，充满了慈祥威严之象，
他的脑袋天生就是佩戴王冠的形状，
他生就一只执掌王杖的手，看这样，
总有一日他可能为王上的宝座增光。
好好培养他，众卿，我害苦了大家，
将来能给大家带来福气的必定是他。

此膏立之举期待着都铎王朝的建立，伊丽莎白女王（Queen Elizabeth）的祖父里士满成为亨利七世（Henry VII）。但正如这些剧里剧情貌似陷入停滞时似乎必定会出事那样，这时一个信差急急忙忙冲上场，报告敌方拥立的国王爱德华逃脱了。暴力随后踵至。在里士满取得博斯沃斯原野之战的最后胜利之前，英格兰必须忍受"驼背理查"黑暗血腥的统治，莎士比亚在下一部悲剧中将着重讲述这段历史。

参考资料：《亨利六世》下篇

作者： 第一对开本收录了该剧，亨利·切特尔（Henry Chettle）和罗伯特·格林（Robert Greene）二人讥讽莎士比亚为"暴富的乌鸦"（见下"创作年代"），这都是推测作者为莎士比亚的依据，但文体计量学检验对此剧是否为其一人所著提出了严重质疑。皮尔、格林和纳什都有可能参与了本剧创作。在这个问题上，学界尚未达成一致意见，而且这一问题与八开本文本的性质问题（见下）密切相关。

剧情： 圣奥尔本斯之战得胜后，理查·金雀花坐上了英格兰的王位，约克家族与兰开斯特家族进入对峙状态。亨利王竟答应约克的要求，剥夺儿子威尔士亲王爱德华的王位继承权，这令王后玛格丽特大为错愕。玛格丽特发誓要消灭约克及其追随者。她获得了克利福德等人的支持，组建起一支军队。玛格丽特的军队和约克的军队交战，约克的幼子拉特兰被克利福德杀死。约克随后被克利福德和诺森伯兰俘获，胜利者用拉特兰被杀的细节对其进行嘲弄，尔后将其残忍诛杀。爱德华和理查得知父亲遇害，便和沃里克联合起来，沃里克宣布爱德华为新一代约克公爵。他们组建起一支军队，在陶顿击败兰开斯特家族的军队。亨利、玛格丽特和他们的儿子被迫北逃；克利福德被杀。亨利被俘，被押送至伦敦，新王爱德华将其囚禁在伦敦塔中。在法兰西，玛格丽特和沃里克在法王路易的宫廷中相见。两人得知，爱德华不顾先前在沃里克撮合下与法王路易妻妹波娜缔结的婚约，转而娶了伊丽莎白·格雷夫人。这一奇耻大辱致使沃里克和路易掉头共抗爱德华。沃里克发誓支持玛格丽特，将亨利从伦敦塔中释放出来，使其复位。沃里克离开伦敦去征募军队，其间爱德华回到伦敦，重新俘获亨利。爱德华和沃里克双方的军队在巴尼特遭遇，沃里克阵亡。玛格丽特带着援军抵达英格兰。她的军队和爱德华的军队在蒂克斯伯里决一死战，血流成河，玫瑰战争似乎终于结束。

主要角色:（列有台词行数百分比 / 台词段数 / 上场次数）马奇伯爵爱德华 / 英王爱德华四世（15%/132/18），沃里克伯爵（15%/99/12），理查 / 格洛斯特公爵（14%/108/17），英王亨利六世（12%/71/7），玛格丽特王后（10%/53/7），约克公爵理查（6%/37/3），克利福德勋爵（5%/35/6），乔治 / 克拉伦斯公爵（4%/39/12），伊丽莎白·格雷夫人 / 伊丽莎白王后（3%/31/4），法王路易十一世（2%/21/1），威尔士亲王爱德华（2%/16/6）。

语体风格: 诗体占 100%。

创作年代: 1591 年？约克公爵"啊，裹着一层女人皮的老虎心！"那句台词在《格林的一格罗特 [1] 智慧》（*Greene's Groatsworth of Wit*，一本由亨利·切特尔筹备付梓并于 1592 年 9 月登记出版的小册子，也许部分依据已故剧作家罗伯特·格林的手稿）中遭到戏仿，莎士比亚被描绘成一只"暴富的乌鸦，用我们的羽毛将自己打扮得漂漂亮亮，却拥有一颗裹着一层演员皮的老虎心，以为自己可以和你们中的佼佼者一样，顺口就能蹦出一段无韵诗"。使用八开本演出的彭布罗克剧团（Pembroke's Men）在 1592 年十分活跃。不能排除在莎士比亚之前存在一个版本，后来莎士比亚推出一个修订版的可能性。

取材来源：主要依据爱德华·霍尔的《兰开斯特和约克两大名门望族的联合》（1548 年）和霍林谢德（Holinshed）的《编年史》（*Chronicles*）第二版（1587 年）。在某些细节上，八开本文本似乎照搬了霍尔该著和霍林谢德的对开本，这可能支持了"修订说"（见下）。

文本：一个节缩本于 1595 年以八开本形式出版，题为《由陛下之仆从彭布罗克伯爵剧团多次献演的约克公爵理查的真实悲剧与好国王亨利六世之死及兰开斯特和约克两大家族之争本末》（*The true Tragedie of Richard Duke of Yorke, and the death of good King Henrie the Sixt, with the whole contention betweene the two Houses Lancaster and Yorke, as it was sundrie times acted by the Right Honourable the Earle of Pembrooke his seruants*），1600 年以四开本形式重印，1619 年将作者标为莎士比亚并将剧名和前一部戏合并（《兰开斯特和约克两大名门之争本末》）。八开本文本是一个演出版本的复原本，但该文本究竟是完整收录在第一对开本中的那个剧本记忆多有错漏的节缩本，还是后经莎士比亚修改后收录进第一对开本的

---

1 格罗特（groat）：欧洲旧时银币，合四便士。——译者附注

一个早期版本的文本（非莎士比亚手笔？部分系莎士比亚手笔？），争议颇多。同样，第一对开本中非莎士比亚风格的语言迹象究竟为一个旧版本的遗迹，还是主动合著的结果，这一问题也尚未得出定论。本书采用由两大权威赫明奇（Heminge）和康德尔（Condell）汇编的第一对开本中的文本，不过对于其排印所依据的原稿的性质问题仍有争议。八开本在演出布景的某些细节方面仍有宝贵价值。

乔纳森·贝特（Jonathan Bate）

亨利六世（下）

兰开斯特家族一方

亨利六世国王

玛格丽特王后

爱德华太子，国王和王后之子

克利福德勋爵

埃克塞特公爵

萨默塞特公爵，既是兰开斯特家族的追随者，又是约克家族的追随者

诺森伯兰伯爵

威斯特摩兰伯爵

牛津伯爵

亨利，里士满伯爵，后来的亨利七世国王

考文垂市长

萨默维尔

一杀子之父，在为兰开斯特家族而战时杀死了亲生儿子

一猎人

约克家族一方

理查·金雀花，**约克公爵**

爱德华，马奇伯爵，约克长子，后为**爱德华四世国王**

乔治，约克次子，后为**克拉伦斯公爵**

理查，约克第三子，后为**格洛斯特公爵**，后来的理查三世国王

埃德蒙，约克幼子，**拉特兰伯爵**

拉特兰之家庭教师

诺福克公爵

沃里克伯爵

蒙塔古，沃里克之弟

彭布罗克伯爵

斯塔福德勋爵

黑斯廷斯勋爵

约翰·摩提默爵士

休·摩提默爵士

威廉·斯坦利爵士

约翰·蒙哥马利爵士

伊丽莎白，格雷夫人，后为伊丽
　莎白王后

里弗斯勋爵，格雷夫人之弟（先
　追随兰开斯特家族，后倒向约
　克家族）

爱德华王子，爱德华四世与格雷
　夫人尚在襁褓中的儿子

约克市长

伦敦塔卫队长

一弑父之子，在为约克家族而战
　时杀死了生身父亲

约克的爱德华王子之奶妈

贵族

三名卫士

法方

法兰西路易十一世国王

萨伏依的波娜郡主

波旁勋爵

其他

二猎场看守员

众信差

众快马信使

二约克市政官

众兵士，众鼓手，众号手，众掌
　旗兵，众侍从

第 一 幕

第一场 / 第一景

伦敦威斯敏斯特议会大厦

警号。约克公爵金雀花、爱德华、理查、诺福克、蒙塔古、沃里克(帽上均插着白玫瑰[1])及众兵士上

沃里克	我就纳了闷了,国王怎么就从我们手里逃脱了呢。
约克	趁着我们追击北方骑兵的工夫,
	他偷偷溜了,撇下他的部下于不顾;
	这当儿,了不起的诺森伯兰爵爷,
	他尚武的耳朵听不得退兵的号声,
	于是鼓舞起士气低落的军兵,他本人
	与克利福德和斯塔福德二勋爵齐头并进,
	向我主力前线冲锋陷阵;刚冲进来,
	便被我普通兵士一通乱剑砍了脑袋。
爱德华	斯塔福德勋爵的老子,白金汉公爵,
	没被杀死,也是给伤到了要害。
	我一剑下去,将他的面甲劈成了两块。
	这千真万确,父亲,瞧他的血。
蒙塔古	兄长[2],这是威尔特夏伯爵的血,
	我在两军相接的时候遭遇了他。

1　白玫瑰:约克家族的族徽。
2　兄长:据史料所载,蒙塔古系沃里克之弟,其父为约克大舅子。

理查	（亮出萨默塞特的首级）有劳您[1]来替我告诉他们我的战绩。
约克	我的儿子当中，功劳当属理查最大。——
	可殿下您，我的萨默塞特大人，死了吗？
诺福克	愿冈特的约翰那一脉都是如此下场。
理查	我真希望也能这样摆弄亨利王的脑袋。
沃里克	我也一样。——战无不胜的约克亲王。
	我对苍天发誓，不看到您坐上
	眼下被兰开斯特家族窃据的王座，
	我这双眼睛就永远也不会合上。
	这便是那个胆战心惊的国王的宫殿，
	这便是国王的御座；坐上去，约克，
	因为它属于您，而非亨利王的后人。
约克	那就劳你扶我一把，亲爱的沃里克，
	既然硬闯了进来，我也就不用客气。
诺福克	我们都会帮您；谁要开溜就是找死。
约克	谢谢，高贵的诺福克。——诸位大人，请支持我，
	将士们，你们今晚就陪在我身边过夜。（率众奔王座而去）
沃里克	待会儿国王来了，不要跟他动粗，
	除非他想强行将你们驱逐出去。
约克	王后今天在这里召开议会会议，
	但她绝少会想到我们会来列席。
	动口也好动手也罢，我们都要赢得我们的权利。
理查	我们既然全副武装，不妨就待在这房子里。
沃里克	除非让约克公爵金雀花做国王，
	叫怯懦的亨利退位，这会就得

---

1 您：此话是理查冲着萨默塞特的首级说的。

叫作血淋淋的议会，因为他懦弱无能，

已让我们成了我们敌人的笑柄。

约克　　　那就请诸位大人留下；拿定主意。

我一定要夺回我的权利。

沃里克　　只要我沃里克把铃铛一摇[1]，不论是国王本人，

还是最爱戴他，兰开斯特家族最高傲的拥趸，

谅他谁也没有那个胆量，敢扑腾一下翅膀。

我要扶植金雀花，看谁敢拔掉他。

您当横下一条心，理查；夺回英格兰的王位。

喇叭奏花腔。亨利王、克利福德、诺森伯兰、威斯特摩兰、埃克塞特（帽上均插着红玫瑰[2]）及余众上

亨利六世　众位贤卿，看那铁了心的叛贼坐在什么地方，

竟坐到国王的御座上；看来他是想，

借助沃里克这个不忠的逆臣的势力，

夺取王冠自己称王。诺森伯兰伯爵，

他杀了令尊，你也一样，克利福德勋爵，

你们二位都发誓要拿他、他的儿子、

他的亲信和他的朋友来报仇雪恨。

诺森伯兰　我不报此仇，天诛地灭！

克利福德　报仇心切，克利福德我服丧才穿着铠甲。

威斯特摩兰　哼，岂能容他如此造次？咱们去把他拖下来。

我怒火中烧。已经是忍无可忍了。

亨利六世　忍忍吧，尊贵的威斯特摩兰伯爵。

---

1 把铃铛一摇：即"一动，一出手"（源于放鹰行猎的一种比喻说法：拴在鹰腿上的铃铛，可以起到吓唬猎物的作用）。

2 红玫瑰：兰开斯特家族的族徽。

克利福德	叫他那样的懦夫忍气吞声才合适。
	要是令尊还在世，他断不敢坐在那里。
	我仁慈的主上，咱们就在这议会大厅
	对约克家族发起进攻。
诺森伯兰	说得好，兄台[1]；就按你说的干。
亨利六世	唉，你们不知道全城上下都向着他等，
	而且他们手里还握有听命于他们的重兵？
威斯特摩兰	可只要把公爵杀了，他们一下子就散了。
亨利六世	把这议会大厅变成一个屠宰房，
	亨利我心里实在是不愿这样想。
	埃克塞特老弟，唇枪舌剑，连哄带吓，
	这才是亨利我要采用的作战方法。——
	反了你了，约克公爵，快从我的御座上下来，
	跪到我脚前，祈求我宽恕原谅。
	我乃你的主上。
约克	我乃你的主上。
埃克塞特	呸，快下来。你这约克公爵还是他封的呢。[2]
约克	那是我世袭来的，和我的伯爵封号[3]一样。
埃克塞特	你父亲是犯上作乱的逆臣[4]。
沃里克	埃克塞特，你追随这个篡位的亨利，
	你才是背叛王室的逆臣哩。

1 兄台（cousin）：男性亲戚；为贵族间一种常见称谓。
2 在《亨利六世》上篇第三幕第一场中，亨利恢复了理查的贵族头衔（之前夺去他的头衔是因为他父亲因谋逆而被处死）。
3 伯爵封号：约克从自己母亲那儿承袭了马奇的伯爵封号，他要求继承王位，凭借的也是他母亲。
4 犯上作乱的逆臣：约克之父剑桥伯爵因谋逆而被处死（《亨利五世》第二幕第二场）。

克利福德	他不追随名正言顺的王上追随谁？
沃里克	就是嘛，克利福德，追随约克公爵理查才对。
亨利六世	莫非要我站着，让你占着我的王位？
约克	必须而且也只能这样，你就认了吧。
沃里克	（对亨利王）做你的兰开斯特公爵，让他做国王。
威斯特摩兰	他做兰开斯特公爵并不影响他当王上， 这便是我威斯特摩兰勋爵要坚持的主张。
沃里克	沃里克我不赞成。你们别忘 是我们把你们打得逃离战场， 杀掉了你们老子，高擎大旗 横扫全城，直捣宫廷大门的。
诺森伯兰	记着哩，沃里克，这事我一想起就悲痛欲绝， 凭亡父在天之灵，我定叫你和你全家悔恨不迭。
威斯特摩兰	金雀花，从你连带你这几个儿子， 你的亲戚朋友那里，我要索取 的性命多过家父血管里的血滴。
克利福德	别逼人太急，否则我就不是说说而已， 沃里克，而是派个使者 [1] 来收拾你， 不等我动手，他就替我把父仇雪洗。
沃里克	可怜的克利福德，我对你这狗屁不值的恐吓嗤之以鼻。
约克	你们想不想听朕把朕继承王位的资格摆一摆？ 如果不，那我们就在战场上用剑来辩白。
亨利六世	你有什么资格要求继承王位，你这叛贼？ 你父亲，跟你一样，都是约克公爵；[2]

1 使者：克利福德或许是指复仇天使。
2 据史料所载，约克的公爵封号是从他的伯父爱德华那儿承袭而来的。

你外公罗杰·摩提默，是马奇伯爵；

而我乃亨利五世之子，

他曾令法王储和法兰西人俯首称臣，

还占领了法兰西众多的城镇和省份。

沃里克 休要提法兰西，你把法兰西都丢光了。

亨利六世 护国公大人[1] 丢的，不是我；

我加冕那时，才不过九个月的年纪。

理查 现在你可够大，不过依我看，你输啦。——

父亲，把王冠从这个篡位者的头上揪下。

爱德华 亲爱的父亲，揪吧，揪下戴到您的头上。

蒙塔占 好兄长，既然你素来喜武尚兵，

咱们就斗他个雌雄，何必这样口舌争锋。

理查 击鼓鸣号，这个昏君就会逃跑。

约克 儿子们，肃静！

亨利六世 肃静，你，给我亨利王留个说话的机会。

沃里克 金雀花先说；听他说说，诸位。

除了默不作声，你们还得洗耳恭听，

谁要是打了他的岔，谁就休想活命。

亨利六世 你以为我会把我祖父和父王

坐过的国王宝座拱手让他人来坐上？

不；除非战争叫我这天下一人不剩，

哼，除非先辈曾在法兰西常常高擎，

而如今在英格兰却令朕心无比悲痛

的旗帜变成我的裹尸布。为何沮丧，众位贤卿？

我的资格过得硬，远胜于他所声称。

---

1 护国公大人：《亨利六世》中篇中被谋害的格洛斯特公爵；护国公在君主年幼时代理朝政。

沃里克	拿出证明来，亨利，你就可以做国王。
亨利六世	亨利四世靠武力征服取得了王冠。
约克	那乃是对他自己的王上 [1] 犯上作乱。
亨利六世	（旁白）这实在叫我无言以对，我资格不硬。——
	告诉我，国王可不可以禅位给一个继承人？
约克	那又怎样？
亨利六世	如果可以，那么我便是名正言顺的国王。
	因为当年理查曾当着众多王公大臣的面，
	把王位禅让给了亨利四世，而我父亲乃
	亨利四世的继承人，我又承继了我父亲。
约克	你祖父犯上作乱，谋逆他的主上，
	用武力相威胁逼着理查把王位相让。
沃里克	列位大人，就算他当初是出于自愿，
	你们认为这会妨碍他收回自己的王冠？
埃克塞特	不妨碍，因为他不能这样一禅了事，
	而应由第二顺位继承人继位来统治。
亨利六世	你是在反对本王了，埃克塞特公爵？
埃克塞特	他的要求合理，所以只好请您见谅。
约克	你们为何交头接耳，众位贤卿，不作回应？
埃克塞特	我的良心告诉我他才是合法的国王。
亨利六世	（旁白？）大家都要背叛我倒向他去了。
诺森伯兰	（对约克）金雀花，尽管你头头是道，天花乱坠，
	你也休想叫亨利这样就遭黜退位。
沃里克	不管怎么说，他退也得退，不退也得退。
诺森伯兰	你想得美。别以为仗着从埃塞克斯、

1　他自己的王上：即被亨利四世废黜的理查二世。

	诺福克、萨福克还是肯特弄来的南方队伍， 你就可以如此嚣张，不可一世， 有我在此，你就休想把约克拥立。
克利福德	亨利王上，不管你的继承权是否合理， 克利福德勋爵我都发誓拼死作战捍卫你； 我要是在我的杀父仇人面前卑躬屈膝， 就叫我下跪之地裂开，把我活吞下去！
亨利六世	啊，克利福德，你的话真让我雄心重振！
约克	兰开斯特的亨利，把你的王冠交出来。 你们在嘀咕什么，有何计议，诸位大人？
沃里克	对这位高贵的约克公爵要多加恭敬， 否则我就让这大厦布满全副武装的兵丁， 在他现在稳坐其上的那个宝座上面， 用篡位者的鲜血[1]写上他的继承权。

他一跺脚，众兵士应声而入

亨利六世	我的沃里克爵爷，听我再说一句话： 在我这有生之年，还是容我做国王吧。
约克	只要你承诺把王位传给我和我的子孙， 你就可以太太平平地在位到寿终正寝。
亨利六世	我知足了。理查·金雀花， 我死之后一定让你享国当天下。
克利福德	这对您的太子多不公平啊！
沃里克	这对英格兰和他本人多好啊！
威斯特摩兰	下贱、懦弱、让人寒心的亨利！
克利福德	你把你自己和我们都害得好惨啊！

---

1 篡位者的鲜血：即亨利六世的鲜血。

威斯特摩兰	我没法待在这儿听他们谈条件了。
诺森伯兰	我也是。
克利福德	（对诺森伯兰）来，兄台，咱们把这消息禀报给王后去。
威斯特摩兰	别了，胆小怕事、自甘堕落的国王，
	你这孬种的血液里没有一星半点荣誉流淌。
诺森伯兰	愿你成为约克家族到手的猎物，
	为了这没骨气的行径被人家折磨死。
克利福德	你就等着在可怕的战争中惨遭败绩，
	或是苟且偷生遭人家不齿和唾弃。

诺森伯兰、克利福德与威斯特摩兰同下

沃里克	转过头来，亨利，别理他们。
埃克塞特	他们想要报仇，所以才不肯屈服。
亨利六世	唉，埃克塞特。
沃里克	你为何叹气，王上？
亨利六世	我叹的不是我自己，沃里克爵爷，而是我儿子，
	他的继承权我得不近人情地剥夺了。
	不过就这样吧。——（对约克）我这就限嗣
	把王位永远传给你和你的子裔，
	条件是，你必须在这里起誓
	结束这场内战，在我有生之年，
	尊我为国王，奉我为主上，
	不得欺君谋逆或是动用武力，
	图谋将我推翻，而取而代之。
约克	这个誓我愿意发，而且一定履行。
沃里克	亨利王万岁！——金雀花，拥抱他。

亨利六世	祝你和你这些早慧的 [1] 儿子万寿无疆！
约克	现在约克和兰开斯特两家握手言和了。
埃克塞特	谁想使他们成为仇敌就叫谁受到诅咒！

仪仗号。众人下王座

约克	再见，我仁慈的君王，我回我的城堡去了。

约克与其诸子率兵士下

沃里克	我率领我的军队驻守伦敦。	下
诺福克	我带着我的部下到诺福克去。	下
蒙塔古	我从海上来，我还回海上去 [2]。	下
亨利六世	我则带着悲哀和忧伤回宫去了。	

王后玛格丽特偕爱德华太子上

埃克塞特	王后来了，她的脸色透着怒火。
	我得溜了。（欲开溜）
亨利六世	埃克塞特，我也得溜。
玛格丽特王后	不，不要离我而去，我要跟着你走。
亨利六世	不要急，温存的王后，我不走。
玛格丽特王后	把人都逼到如此绝地，谁能不急？
	唉，可怜的人，早知你为父这样薄情寡义，
	我宁可自己终身不嫁，守贞至死，
	宁可从未认识你，没跟你生儿子！
	他凭什么就这样被剥夺了继承权？
	你若是能有像我对他一半的爱意，
	能体会到我为他所受的生育之苦，

1　早慧的：原文为 forward，还兼具"放肆的"之意。

2　回海上去：意思不明，因为蒙塔古与海没有任何关系；莎士比亚也许是将他与福尔肯布里奇搞混了。

	像我那样用自己的血汁 [1] 把他哺育,
	你就会宁可当场洒出你最宝贵的心血,
	也不会把王位传给那个没人性的公爵,
	而把你这棵独苗的继承权剥夺掉。
爱德华太子	父亲,您不能剥夺我的继承权;
	您若是国王,我为什么就不能接班?
亨利六世	原谅我,玛格丽特。——原谅我,亲爱的儿子。
	我也是受沃里克伯爵和那公爵两人所逼。
玛格丽特王后	受人所逼?你身为国王,还能受人所逼?
	我听了都害臊,亏你说得出。唉,懦弱的东西,
	你把你自己、你儿子和我都一并毁弃,
	你给了约克家族如此恣意妄为的权利,
	你这国王做得还得看他们的脸色行事。
	将王位继承权拱手让给他和他的子嗣,
	这算什么事儿,岂不是替你掘好坟墓,
	大限远远还没有到就早早地钻将进去?
	沃里克又是掌玺大臣,又是加来总督,
	凶狠的福尔肯布里奇控制那海峡水路,
	那个公爵 [2] 受封为国家的护国公,
	你还有安全可言?这样的安全只能从
	恶狼堆里浑身战栗的羔羊身上找到。
	要是我当时在场,虽是个柔弱女子,
	我也宁可让兵丁们把我挑在枪尖,

---

1 血汁(blood):即乳汁,西方过去认为由血变来,且民间认为会将母亲的某些性情(blood 的另一义)传给孩子。

2 那个公爵:即约克。

                也绝不会同意那项法案。

                而你却贪生怕死，不顾自己荣誉。

                你既然如此，亨利，我就此宣布：

                剥夺我儿子继承权的议会法案

                撤销之前，你我二人分居别处，

                不再与你同桌进餐、同床而眠[1]。

                那些发誓不再追随你麾下的北方贵族，

                一旦看见我竖起大旗，将投到我这里；

                我一定要竖起大旗，让你蒙受奇耻大辱，

                将整个约克家族彻底连根铲除。

                我这就弃你而去。——来，儿子，咱们走。

                咱们的人马已整装待发；来，我们跟上去。

亨利六世	且慢，温良的玛格丽特，听我说。
玛格丽特王后	你说得已经太多。你给我走开。
亨利六世	乖儿子爱德华，你可愿意留下陪我？
玛格丽特王后	对，留下来好让他的敌人宰了他。
爱德华太子	待到我从战场上凯旋的时候，
	我再来见陛下；这以前，我得跟随母后。
玛格丽特王后	来，儿子，走。我们不能这样久留。

                      玛格丽特王后与爱德华太子同下

亨利六世	可怜的王后，愤愤不平，破口骂人，
	足见她对我和儿子是何等一往情深！
	愿她能狠狠地报复那个可恨的公爵，
	他那骄横的秉性，加之欲望的推动，

1　你我……同床而眠：一种离婚形式，法律上称作"分居"或"有限离婚"（*mensa et thoro*），
　　夫妻双方不住在一起，但不允许再婚。

势必要夺去我的王冠，还要像饿雕一般，

狼吞虎咽地把我和我儿子的肉饱餐。

那三位贵族弃我而去，令我心如刀剜；

我要修书与他们，祈求他们多加包涵。

来，老弟，我拟派你去做我的使者。

埃克塞特　　作为我，我希望，能让他们都与您握手言和。

喇叭奏花腔。同下

第二场 / 第二景

约克公爵的城堡 [1]

理查、爱德华与蒙塔古上

理查　　　兄长，虽说我最小，还是让我来说吧。

爱德华　　不，我比你会说一些。

蒙塔古　　可是我有强有力的理由。

约克公爵上

约克　　　咦，怎么啦，儿子们，还有老弟你，吵嘴了？

　　　　　　你们吵什么呢？是怎么吵起来的?

爱德华　　不是吵，只是略微争了几句。

约克　　　为了何事？

理查　　　为了一桩关系到您和我们大家的事：

1　据史料所载，为位于英格兰北部约克郡的山得尔城堡（Sandal Castle）。

	为了英格兰的王冠，父亲，它是您的。
约克	我的，孩子？那得等亨利王死了以后。
理查	您的权利并不取决于他的生死。
爱德华	眼下您既然是继承人；现在就该享用。
	如果给了兰开斯特家族喘息之机，
	父亲，您就会落个竹篮打水一场空。
约克	我发过誓让他太太平平坐江山的。
爱德华	可为了争夺天下，任何誓言都可以毁弃；
	让我做一年王上，毁弃一千个誓言我也愿意。
理查	不；上帝不会让您背上发伪誓的骂名。
约克	我若以公开战争夺取王位，我就是发伪誓。
理查	请您听我说，我可以证明结果恰恰相反。
约克	你证明不了，儿子；这是不可能的事儿。
理查	任何誓言，只要发誓人不是
	在自己真正合法的顶头上司
	面前发下，就没什么了不起。
	亨利啥也不是，不过是窃据了那个位置。
	那么，有鉴于是他要您发的誓，
	您的誓言，父亲大人，也就不足挂齿。
	所以兴兵吧；还有，父亲，只要想一想
	戴上王冠是件多么美妙的事情，
	那王冠的圆环里面除了天堂 [1]，
	还有诗人们所幻想 [2] 的幸福和欢愉。
	我们为何还这样迟疑不决？

---

1 天堂（Elysium）：希腊神话中好人和杰出的人死后居住的天堂乐园。
2 幻想：原文为 feign，与 fain（行乐，寻欢作乐）谐音双关。

不用亨利心头那半冷不热的血

染¹红我佩戴的白玫瑰，我就不得安歇。

约克　　理查，行了；我定要做国王，做不了就死。

兄弟，你即刻就起身到伦敦去，

去鼓动沃里克共图这件大事。

你，理查，去诺福克公爵那里，

悄悄地告诉他我们的意思。

爱德华你，上考勃汉勋爵那儿走一趟，

他起兵，肯特人定会一呼百应，

肯特人，我信任，因为他们都是战士，

机智，谦恭，豪爽，斗志昂扬。

你们这都分头去办事了，接下来

我除了瞅准机会看怎么起事，

不让国王和兰开斯特家族的人

听到风声，还有什么事可做呢？

一信差上

不过慢着。什么消息？你为何来得这么急？

信差　　王后率领北方所有的伯爵和勋爵，

长驱而来想将您围困在您的城堡里。

她率领两万人马已经兵临城下，

所以大人您得赶紧加强防御呀。　　　　　下

约克　　对，就凭我这把剑。怎么，你以为我们怕他们？

爱德华和理查，你俩和我留守此地，

我的老弟蒙塔古赶紧前往伦敦去。

让留在那里看守国王的高贵的沃里克、

1　染：原文为 dyed，与 died（死）谐音双关。

考勃汉以及其他所有人等，

运用强有力的手段加强自卫，

不可轻信亨利那个糊涂蛋和他的誓言。

蒙塔古　　　贤兄，我去；我定会说服他们，无须担心。

我就此向您告辞。　　　　　　　　　　　　下

约翰·摩提默与其弟休上

约克　　　　摩提默家的约翰爵士和休爵士，二位舅舅，

你们到山得尔来真是挑了个好时候。

王后的军队正要围困我们呢。

约翰·摩提默　用不着她来围困；我们上战场去会她。

约克　　　　什么，就用五千人马？

理查　　　　对，父亲，如有必要，五百人马也成。

挂帅的不过一个女流；我们怕她作甚？（远处行军鼓声）

爱德华　　　我听见了他们的鼓声；咱们布好阵势，

然后迅速出击，立即向他们叫阵。

约克　　　　五个人对二十个；虽然众寡悬殊，

但我毫不怀疑，舅舅，我们会取得胜利。

当年在法兰西，多少次敌人兵力

十倍于我，我都能捷报频传。

今天岂有不同样大获全胜之理？　　　　警号。众人下

第三场　　/　　第三景

约克郡山得尔城堡附近战场

拉特兰与其家庭教师上

拉特兰　　　　啊，我往哪里逃才能逃出他们的手心呢？

　　　　　　　　呀，老师，看，杀人不眨眼的克利福德来了。

克利福德及众兵士上

克利福德　　　神父，走开，念你是个教士且饶你一命。

　　　　　　　　至于这个该死的公爵[1]的小崽子，

　　　　　　　　他老子杀了我父亲，他必须死。

家庭教师　　　我的大人，我愿意陪他一起上路。

克利福德　　　兵丁们，把他给我带走。

家庭教师　　　啊，克利福德，别杀这个无辜的孩子，

　　　　　　　　免得激起天怒人怨，人神共愤。　　　　*被众兵士拖着下*

克利福德　　　怎么啦？他已经死了？还是恐惧

　　　　　　　　让他闭上了眼睛？我要让它们睁开。

拉特兰　　　　关在笼子里的狮子，瞅它利爪下

　　　　　　　　浑身哆嗦的可怜猎物时，就是这副样子；

　　　　　　　　就是这样走过去，凌辱自己的猎物，

　　　　　　　　就是这样走过来，撕掉猎物的肢体。

　　　　　　　　啊，仁慈的克利福德，你一剑杀了我吧，

　　　　　　　　别用这副狰狞可怕的样子来吓死我。

　　　　　　　　亲爱的克利福德，听我把话说完再让我死；

　　　　　　　　我区区一个小孩子，不值得您动怒。

　　　　　　　　您去找大人报复，给我留一条生路。

克利福德　　　你这是白费口舌，可怜娃。家父的血

　　　　　　　　已堵塞了柔肠，你的话根本不得入。

拉特兰　　　　那就让家父的血把它重新打通。

1　公爵：即约克公爵，他在《亨利六世》中篇（第五幕第二场）中杀死了克利福德之父。

他是个大男人，克利福德，去跟他斗。

克利福德　　就算把你的兄弟全抓来，他们

几条命加上你的，也不够我报仇雪恨。

不，就算我掘开你们家的祖坟，

把腐朽的棺材统统用链子吊起，

也不能消解我的怒气，平复我的心绪。

我只要一见到约克家族的人，

就有如复仇女神在折磨我的灵魂。

你们这该死的家族我若不能连根拔起，

不留一个活口，我无异于生活在地狱。

所以——（举起轻剑）

拉特兰　　噢，在我受死之前，请容许我祈祷一番！

（跪地？）我祈求您；亲爱的克利福德，怜悯怜悯我吧！

克利福德　　这怜悯只有我的剑锋才能给你。

拉特兰　　我从未伤害过您；您为何要置我于死地？

克利福德　　你老子伤害过我。

拉特兰　　可那是在我出生之前呀。

您也有个儿子，看在他的分上您就手下留情吧，

免得冤冤相报，有朝一日他也像我一样，

惨遭他人杀戮，因为上帝是不偏不倚的。

唉，只要让我活命，把我终身监禁都成，

等我有了冒犯之处，再将我处死也不迟，

因为您目前要置我于死地实在说不过去。

克利福德　　说不过去？

你老子杀了我老子；所以，死去。（刺他）

拉特兰	愿众神让这一桩事成为你的最高荣誉[1]！（死）
克利福德	金雀花，我来了，金雀花！
	且让你儿子这沾在我剑刃上的血迹
	在那儿生锈吧，等你的血与它凝在了一起，
	我再一块儿把它们揩去。　　　　　　　下

第四场　/　景同前

警号声。约克公爵理查上

约克	王后的军队在战场上已经获胜。
	我的两位舅舅[2]救我时双双毙命；
	我那些部下眼见敌人来势汹汹，
	一个个全都像船遇上了顶头风，
	又似羔羊被饿狼追赶，掉头逃生。
	我那几个儿子，天知道他们情况如何；
	不过我知道这一点：在生死之际，
	他们的表现实在不愧为名门子弟。
	理查曾三度杀开血路冲到我这里，
	三度高呼"鼓足勇气，爹，战斗到底！"
	爱德华也曾三次冲杀到我身边，

1　原文为拉丁文：*Di faciant laudis summa sit ista tuae*（奥维德 [Ovid]，《女杰书简》[*Heroides*] 第 2 封第 66 行）。

2　两位舅舅：即约翰·摩提默爵士和休·摩提默爵士。

提着猩红的偃月剑，剑柄上面

与他遭遇之敌的血迹已经沾满。

我们最骁勇的战士退下阵来时，

理查高叫"冲啊，寸土也不能让！"

还叫道"不夺王冠，就光荣阵亡！

不夺王杖，就钻入尘土下的墓穴！"

于是我们再度发起冲锋，可是，唉，

我们又败下阵来，恰似我见过的一只天鹅，

硬要徒劳无益地逆流击水，

结果被狂澜搞得精疲力竭。（幕内短促警号声）

啊，听！要命的追兵还在穷追不舍，

我已力不从心，逃不过他们的怒火。

要是还能支撑，我决不躲闪他们的怒火。

我的时辰不多了，眼看就要走到尽头。

我只能待在这里，我的性命必结束于此。

王后、克利福德、诺森伯兰、年幼的太子率众兵士上

来吧，残忍的克利福德，粗暴的诺森伯兰，

怒火填膺算个啥，就是怒火冲天我也不怕。

我是你们的箭靶，就等着你们朝我射啦。

诺森伯兰 祈求我们怜悯吧，傲慢的金雀花。

克利福德 对，他当初痛下毒手咔嚓一下

怜悯了家父，就这样怜悯他吧。

现在法厄同已从他的太阳车上栽了下来[1]，

把正午光景弄得天昏地暗，变成了傍晚。

---

1 在希腊神话中，法厄同（Phaethon）系太阳神阿波罗（Apollo）/福玻斯（Phoebus）之子；
  他驾驶父亲的太阳车时失控，致使部分大地被烧焦，被宙斯（Zeus）用一道闪电劈杀。

约克	我的骨灰，和凤凰一样，会再生出
	一只小凤凰来，对你们挨个儿进行报复；
	我怀着这样的希望，抬眼望天，
	藐视你们所能加害于我的一切。
	你们为何不过来？怎么，人多势众，还怕不成？
克利福德	胆小鬼逃无可逃时也会顽抗一会儿，
	鸠鸽落到鹰隼的利爪之下时也会反啄几嘴，
	陷入穷途末路的强盗知道自己反正活不成，
	便会狠狠地把缉拿自己的警吏们臭骂一通。
约克	哼，克利福德，你也不再想一想，
	好好回忆一下我当年的时光；
	当初我皱下眉头，你就吓得屁滚尿流，
	眼下反倒骂我孬种，你若还知道脸红，
	就该看看这张脸，咬住舌头闭口不言！
克利福德	我懒得你一言我一语地跟你斗嘴，
	而要与你动手，你一拳来我要还你四倍。
玛格丽特王后	且慢，勇敢的克利福德，我有一千种理由
	要让这个逆贼多活一会儿。——
	他耳朵都气聋了；你来说，诺森伯兰。
诺森伯兰	且慢，克利福德，犯不上给他那么大面子，
	就算能伤到他的心，也不必伤了你的手指。
	看到一条恶狗龇牙咧嘴，本来可以
	一脚踢开了事，却硬要把自己的手
	往它牙缝里送，那算得上什么英勇？
	在战场上能占便宜时就占便宜，
	以十敌一也丝毫无损于英雄气。

（他们擒住约克，约克挣扎）

克利福德	对，对，丘鹬[1]落入罗网就这样扑腾。
诺森伯兰	兔子钻进圈套也这样挣扎。
约克	盗贼们得手后面对赃物就这样得意忘形， 面对劫匪人多势众，好汉也只能这样屈从。
诺森伯兰	现在王后陛下打算如何发落他？
玛格丽特王后	克利福德和诺森伯兰，二位勇士， 来，他曾伸开双臂想爬上高山， 可惜一手抓空，只抓到了影子， 你们让他站到这个鼹鼠丘上去。—— （对约克）什么，想做英格兰国王的就是你？ 在我们议会大厅里撒野闹事儿， 吹嘘自己出身高贵的就是你？ 替你撑腰的那两对儿子在哪里？ 骄淫的爱德华和狂放的乔治呢？ 还有你那个胆大包天、驼背弯腰， 破着个嗓子成天鼓动他老子谋反， 一看就不是什么好鸟的怪胎迪基[2]呢？ 还有剩下来你那个心肝宝贝拉特兰呢？ 瞧，约克，我这块手巾上血迹斑斑， 这血迹乃是勇敢的克利福德用剑尖 从你那个儿子的心头上挑出来的； 如果你的双眼能为他的死泪水涟涟，

1　丘鹬：一种众所周知的易捕的蠢鸟儿。

2　迪基（Dicky）：理查的昵称，相当于 Dick，但更显亲昵。按理说，此处王后不会这样称呼理查，她或许是有意来了一个双关，因为该词还有一个意思："有毛病的，不健康的"。——译者附注我可以把它送给你，拿它来擦干脸。
哎呀，可怜的约克，要不是对你恨之入骨，
对你目前的悲惨处境，我也会失声痛哭。
求你伤伤心，好让我开开心，约克。
什么，心头怒火烤干了你的五脏六腑，
为了拉特兰的死，你一滴泪都流不出？
你这人，怎么这么耐得住性？你应该发疯。
我，为了让你发疯，故意这样把你戏弄。
暴跳如雷，呼天抢地吧，好让我载歌载舞呀。
我明白了，你是要我给你报酬才肯给我解闷。
约克不戴上一顶王冠是不肯开口的。
给约克拿顶王冠来！众卿，向他深鞠一躬。
你们抓住他的双手，我来替他把王冠戴上。
（将一纸糊的王冠戴在他的头上）
嘿，说真的，瞧他现在真像一个国王。
对，坐上了亨利王宝座的就是他，
过继给了亨利准备继位的就是他。
可是怎么这位了不起的金雀花
这么快就加了冕而背弃了他庄严的誓言？
照我想来，我们亨利王未和死神
握手之前，你不应该继位称尊。
现在他还活着，你就要违背你神圣的誓言，
将亨利的光环套在你的头顶，
把王冠从他的头上夺走不成？
噢，这可是太太难以饶恕的罪过呀！
摘掉王冠，把他的脑袋连同王冠一起摘掉，
趁我们喘气的工夫，从从容容地把他干掉。

克利福德	我要替父报仇，这份差事就交给我吧。
玛格丽特王后	不，且慢，咱们听听他做的祷告。
约克	法兰西的母狼，比法兰西的群狼还坏，

你舌头上的毒比蝰蛇的牙齿还要厉害！
你哪儿还有一点儿妇道人家的样子，
眼见时运不济者的苦难而得意扬扬，
简直就跟亚马孙婊子[1]没有什么两样！
要不是你那张脸皮像面具，毫无表情，
因干惯了丑恶勾当而早已不知羞耻，
傲慢的王后，我定要设法叫你脸红。
你若还不是恬不知耻，我只要把你的身世
说出来让你听听，就足以把你羞死。
你父亲虽挂着那不勒斯外加西西里
还有耶路撒冷国王那个虚衔，
实际上还不如一个英格兰自耕农有钱。
那个寒酸君王可曾教过你要对人无礼？
傲慢的王后，这既无必要，也于你无益，
除非是一定要证明一下那句古话：
叫花子上马，马不累死不肯下。
女人生得俏，确实往往会骄傲，
可上帝知道，你那资格实在少。
女人贤淑，才能备受人们爱慕，
你却相反，着实令人瞠目讶异。
女人有涵养，才会显得仪态万方，
你飞扬跋扈，只能令人深深憎恶。

1　亚马孙婊子（Amazonian）：神话中的亚马孙族女战士。

你与每一样美好的东西都对立，
恰似地球另一端的人之于我们，
又如南北对峙，完全是断然两极。
啊，裹着一层女人皮的老虎心！
你怎么能放干孩子生命的血液，
要做父亲的用它来擦自己的眼睛，
却还硬要摆出一副女人的面孔？
女人天心温良、宽厚、慈悲、柔顺，
而你却凶狠、冷酷、歹毒、残忍。
你要我发怒？哼，现在你已经称心。
你盼我哭泣？哼，现在你已经遂意。
因为狂风一起，便会吹得绵绵阵雨，
狂暴一旦平息，雨水便会降临大地。
这些泪滴权作我心爱的拉特兰的葬礼，
每一滴都高呼为他的死向你们报仇雪恨，
向你，残忍的克利福德，向你，狡诈的法兰西女人。

诺森伯兰　我真该死，可他这一番激情，
感动得我差点儿禁不住热泪纵横。

约克　我儿那张脸，就是吃人的生番饥饿，
也不会去碰它一下，也不会让它染上血。
可你比希尔卡尼亚[1]的老虎更没人性，
更残酷无情，啊，还要更甚十倍。
瞧，无情的王后，一位不幸父亲的泪水。
这块你蘸上了我的爱子鲜血的布，
我要用泪水将它上面的血迹洗除。

1　希尔卡尼亚（Hyrcania）：古代里海南边一地区；那里的老虎非常凶猛，闻名遐迩。

你留着这块手巾吧，拿着去吹嘘，
你若把这个悲惨的故事照实讲述，
我拿灵魂担保，谁听了都会落泪。
没错儿，就是我的仇人听了也会热泪滚滚，
免不了要说"天哪，好一桩惨闻！"
来，摘去王冠，把我的诅咒连同王冠一同摘去。
愿你大难临头时，也能得到我现在
从你这太过毒辣的手中所得到的安慰。
狠心的克利福德，把我从世上打发走吧；
我的灵魂升入天堂，我的血溅在尔等头上！

诺森伯兰 哪怕他曾将我满门尽将杀戮，
眼见内心痛苦把他折磨到这地步，
就是要我的命我也必须为他痛哭。

玛格丽特王后 怎么，要哭了，我的诺森伯兰爵爷？
想一想他把我们大家害得有多惨，
马上就可以把你那两汪泪水烘干。

克利福德 （刺他两剑）这一剑是履行我的誓言，这一剑是替父雪恨。

玛格丽特王后 （刺他）这一剑是为我们菩萨心肠的君王出口气。

约克 敞开您慈悲的天门吧，仁慈的上帝。
我的灵魂从这几处伤口飞出找您去。（死）

玛格丽特王后 砍下他的首级，挂到约克城门上去，
这样约克就可以俯瞰约克城了。

　　　　　　　　　　　　　喇叭奏花腔。众人抬着约克的尸体下

第 二 幕

第一场　　/　　第四景

威尔士边境

行军鼓声。爱德华与理查率部上

爱德华　　不知道咱们高贵的父亲如何得脱，

或者说他到底有没有甩掉

克利福德和诺森伯兰两人的追击？

他要是被俘，我们也该得到了消息；

他要是阵亡，我们也该得到了消息；

他要是得脱，我想我们也该得到了

他已经安然脱险的好消息。

我兄弟怎么了？他为何这般愁眉苦脸？

理查　　没弄清我们英勇的父亲的下落，

我无论如何也无法快活。

我看见他在战场上东冲西突，

还见他与克利福德单挑对打。

他在最密集的敌阵中表现神勇，

我觉得就像牛群中的一头狮子，

又像被群狗团团围住的一头熊，

他咬伤了几条，疼得它们嗷嗷叫，

其余的远远地站着，冲着他狂吠。

我们的父亲就这样收拾他的敌人，

他的敌人就这样在骁勇的父亲面前逃遁。

我觉得，能做他的儿子是莫大的荣幸。

（天空中出现三个太阳）

看，晨曦打开了她那金色的大门，

正在向那轮光辉灿烂的太阳辞行。

它多像一个青春正盛、朝气蓬勃、

打扮得整整齐齐去会情人的帅小伙。

爱德华　是我眼花了，还是我真的看见了三个太阳[1]？

理查　三个灿烂的太阳，个个都是不折不扣的太阳，

不是浮云遮挡把一个太阳一分为三，

而是三个太阳分别悬在朗朗晴空。

瞧，瞧：它们在靠拢，拥抱，像是要亲吻，

仿佛发誓要结成一个神圣的同盟。

现在它们成了一盏灯，一团光，一个太阳。

这一定是上天垂示要发生什么大事。

爱德华　这真是稀奇事，前所未闻的稀奇事。

兄弟，我想它是在召唤我们奔赴战地，

我们，勇敢的金雀花的儿子，

尽管每一个都创下过辉煌的战绩，

但还须像这合起来的太阳光耀寰宇，

将我们的光辉合在一起，照彻大地。

不管这主何吉凶，自此以后我都将

在我的盾牌上弄出三个光芒四射的太阳。

理查　别，还是弄出三个姑娘[2]吧；恕我冒昧一句，

你对能生孩子的姑娘家比对男人更感兴趣。

1　太阳：爱德华三世和理查二世的徽记由破云而出的太阳构成。

2　姑娘：理查故意将前一行中的suns（太阳）歪解成sons（儿子），故有"弄出三个姑娘"之戏云。

一信差气喘吁吁上

	你是干什么的，你凝重的脸色告诉我
	你嘴里准是有什么可怕的话急着要说？
信差	唉，令尊大人，也就是我敬爱的主人，
	高贵的约克公爵不幸惨遭杀害时，
	我曾在现场伤心旁观目睹！
爱德华	噢，别再说了，我听到的已经太多。
理查	说说他是怎样死的，我要了解全部经过。
信差	他被众多敌人团团围困在中央，
	只身抵抗，就像当年特洛伊的希望
	抵抗企图攻陷特洛伊的希腊人一样。
	可赫拉克勒斯本人也势必寡不敌众；
	只要不停地砍，哪怕是一柄小斧，
	也能砍倒那木质最坚硬的大橡树。
	敌人七手八脚才把令尊大人制伏，
	但下毒手将他杀害的，却只有
	残酷的克利福德和王后；
	王后极尽羞辱地给仁慈的公爵戴上纸糊的王冠，
	当面取笑戏弄；他伤心落泪，
	狠心的王后给他一块手巾擦脸，
	那手巾曾在被残暴的克利福德杀害的
	可爱无辜的小拉特兰的血液中浸过。
	他们对他百般讥笑，万般羞辱之后，
	砍下他的首级，悬于约克城门上示众，
	到现在还挂在那里没动，我生平
	还从未见过如此惨不忍睹的情景。
爱德华	亲爱的约克公爵，您是我们的支柱，

如今您这一去，我们便孤苦无依。
克利福德呀，野蛮的克利福德，你杀了
享有欧洲骑士之花的他，
你靠耍弄狡诈的伎俩战胜了他，
一对一拼你肯定败在他的手下。
如今我灵魂的宫殿[1]已变成一座牢狱，
啊，但愿她[2]能从这牢狱中冲出，
让我这躯壳能够安静地藏埋地里，
因为从今往后欢乐与我再也无缘，
噢，我将永远，永远无快乐可言！

理查　我哭不出来，因为我体内所有的水分
还不够浇熄我这颗炉火般燃烧着的心。
我的舌头也卸不下压在我心头的重负，
因为我要是开口说话就会用掉一口气，
而这口气正煽旺燃烧我整个胸腔的火炭，
烧得我浑身冒着火焰，只得拿泪水浇。
啼哭是用来减轻人们悲痛的程度：
那让婴儿流泪去；让我还击报复。
理查，我随您姓名，我要替您雪恨，
否则也要留个为雪恨而死的名声。

爱德华　勇敢的公爵把他的姓名传给了你，
他的公爵领邑和位子[3]则由我来承继。

理查　不，倘若你是大雕的雏婴，

1　灵魂的宫殿：即身体。
2　她：即他的灵魂。
3　位子：公爵之位及其所要求的王位。

那就凝视太阳把你的身世证明。[1]

别说位子和公爵领邑，就是王位和王土，

全都归你，若不然你就不是他的儿子。

行军鼓声。沃里克与蒙塔古侯爵率部上

沃里克	怎么样，二位公子？情况如何？有什么消息？
理查	伟大的沃里克大人，若我们把悲惨的消息 一一细述，每说一个字都等于捅我们肉体 一刀，说多久就等于要挨多久刀子， 那些字会比那些刀伤更令我们痛苦。 英勇的爵爷哟，约克公爵已被杀戮。
爱德华	沃里克哟，沃里克，一向把您看得和他 灵魂获得救赎一样重要的金雀花， 已经被暴戾的克利福德勋爵残杀。
沃里克	十天前听说这消息时我痛哭了一场， 我此来，是要告诉你们后来的情况， 这免不了要给你们的痛苦雪上加霜。 韦克菲尔德那一场血战之后， 你们勇敢的父亲喘完了他最后一口气， 你们遭到败绩，还有他阵亡的消息， 信使快马加鞭火速报到了我那里。 当时我在伦敦负责看守国王，闻讯 便集合手下的队伍，邀约各路友人， 直奔圣奥尔本斯，截击王后的部队， 一路上挟持着国王，以壮我方声威。 因为我从派出去的探子口中获悉

1　据说雕能眼睛一眨不眨地盯着太阳看，而且会以此来验证其雏婴的真伪。

　　　　　王后正兼程而来，一心想要废除
　　　　　我们在最近那届议会上刚刚通过的
　　　　　要求亨利王立誓传位于你们的法令。
　　　　　长话短说，我们在圣奥尔本斯遭遇，
　　　　　两军相接，双方打得都十分惨烈。
　　　　　可不知是因为国王冷淡处之，
　　　　　温情脉脉地看着好战的王后，
　　　　　冷却了我方将士高昂的斗志，
　　　　　还是因为得知她获胜的消息，
　　　　　抑或是因为克利福德对俘虏恣意屠戮
　　　　　引起了大家普遍的恐怖，
　　　　　我说不清楚；不过老实说，
　　　　　敌人的兵器如闪电般穿梭，
　　　　　我方将士的却像夜鸮般懒散飞行，
　　　　　或者说像懒洋洋的打谷人用连枷打谷，
　　　　　轻轻地落下，好像在打自己朋友似的。
　　　　　我跟他们讲我们出兵完全出于正义，
　　　　　许以厚饷重赏，以鼓舞他们的士气，
　　　　　但一切都是白费力；他们无心打仗，
　　　　　想靠他们打胜这一仗根本没有指望，
　　　　　所以我们就逃走。国王投奔了王后，
　　　　　令弟乔治公子，诺福克，还有我自己，
　　　　　探听到你们驻扎在这边境地带的消息，
　　　　　便急急火火地赶了过来与你们会师，
　　　　　以图重新拉起一支队伍，重开战事。
爱德华　尊贵的沃里克，诺福克公爵现在何处?
　　　　　乔治又是什么时候从勃艮第到英格兰的?

沃里克	公爵和将士们现在距此约摸六英里， 至于令弟，他是新近受了你们姑母 勃艮第公爵夫人的派遣，率领队伍 前来增援这一场人马不济的硬战。
理查	勇敢的沃里克都逃命，看来是寡不敌众； 我向来只听过人家赞美他追击敌人， 还从未听说过他有落荒败退的丑闻。
沃里克	理查，现在你也听不到我的丑闻， 因为你很快就会看到我这只强劲的右手 能够从软弱无能的亨利头上摘取王冠， 能够从他的手掌中夺过那威严的王杖， 哪怕他在战场上勇猛善战，威名远扬， 就和他性情温和、喜欢祈祷的名声一样。
理查	这我完全相信，沃里克爵爷，莫怪罪于我。 是出于爱护您的荣誉我方才才那么说。 不过在这危难时刻，我们该怎么办呢？ 我们是该卸去我们身上的铠甲战袍， 裹上一身黑黢黢的丧服，手持念珠， 一遍一遍地念诵"万福马利亚"呢？ 还是该伸出我们复仇的胳膊 击打仇敌的头盔来念诵虔诚？ 各位若赞成后者，说一声是，马上行动。
沃里克	嘿，我沃里克正是为此才来找你们， 我的兄弟蒙塔古也是因此才来这里。 诸位，请听我说：飞扬跋扈的王后， 纠合克利福德和目空一切的诺森伯兰， 以及众多与他们臭味相投的傲慢党羽，

捏蜡一般把软弱的国王玩于股掌之上。
国王曾宣誓同意传授王位给你们家族，
其誓言记录在议会卷宗中墨迹还没干。
可眼下他们一伙人就集体杀往伦敦，
企图撕毁他的誓言，并将其他所有
不利于兰开斯特家族的事项一并勾销。
他们的人马，我想，不下三万之众，
而眼下，即便把诺福克和我本人的援军，
还有勇敢的马奇伯爵您在忠实的威尔士人民
中间所能募集起来的全部友军统统加在一起，
我们方面也才不过二万五千人马，
唉，前进，我们要向伦敦进军，
再一次跨上我们口沫横飞的战马，
再一次冲着我们的敌人高喊"冲锋！"
不过决不再一次掉头逃命。

理查　　哎，现在我总算听到伟大的沃里克讲话了；
如果沃里克下令坚守，谁要是喊"撤退！"
谁就永远也别想再见到来日艳阳的光辉。

爱德华　　沃里克爵爷，我要倚靠在您的肩膀之上，
您要是支持不住——上帝不会让那一刻出现——
爱德华也必将倒下去，上天不准有此危险！

沃里克　　您已不是马奇伯爵，而是约克公爵；
下一步就是登上英格兰的王位。
因为我们沿途路过每一个市镇时，
都将公开宣告您为英格兰的国王。
凡不抛起自己的帽子以示欢欣者，
都将为这个罪过丢掉自己的脑袋。

爱德华王上，勇敢的理查，蒙塔古，

我们莫再违误，梦想着威名已立，

而要吹响号角，着手我们的大事。

理查　　那么，克利福德，纵使你心肠钢铁般坚硬，

你的恶行已表明它确实石头般冷酷无情，

我也要来捅一捅，否则把我的送给你捅。

爱德华　　那就擂响战鼓。上帝和圣乔治[1]保佑我们！

一信差上

沃里克　　怎么回事？有什么消息？

信差　　诺福克公爵派我前来通报您，

王后率领的强敌正大军压境，

请您快去与他共同商议军情。

沃里克　　来得正好，勇敢的战士们，咱们走。　　*众人下*

第二场　　/　　第五景

约克城城墙外

喇叭奏花腔。国王、王后、克利福德、诺森伯兰与年幼的太子偕鼓号手上。约克的首级悬于城门之上

玛格丽特王后　　主公，欢迎来到这座雄伟的约克城。

那边悬着的是那个企图把你的王冠

1　圣乔治（Saint George）：英格兰的主保圣人。

戴到自己头上去的万恶元凶的首级。
这东西你看了心里不觉振奋吗，主公？

亨利六世　　对，就像怕触礁的人看到礁石一样振奋；
看到这景象，让我心里感到痛苦不安。
亲爱的上帝，阻止复仇吧！那不是我的错，
我也没有存心要违背我的誓言。

克利福德　　我仁慈的君王，这种过分的慈悲
和有害的怜悯之心，必须抛到一边才对。
狮子看什么人目光里会透出温柔？
绝不是那想霸占它们窟穴的野兽。
森林里头的熊会去舔什么人的手？
绝不是那当面夺去熊崽性命的人。
什么人才能躲过毒蛇致命的伏击？
绝不是那一脚就踩在它背上的人。
再小的蠕虫让人踩了也会扭扭身，
鸠鸽为保护自己的幼雏也会啄人。
约克野心勃勃一心觊觎您的王冠，
他对您横眉怒目，您却给他笑脸；
他，区区一个公爵，就想让儿子做国王，
培育自己的后代，如同慈父一样；
您，身为王上，天赐了一个好儿子，
反倒心甘情愿地剥夺了他的继承权，
由此可见您是一个十分无情的父亲。
没脑子的畜生都会哺育自己的后代；
虽然人类的面孔在它们眼里很恐怖，
可是，为了保护自己柔弱的幼鸟，
谁没见过，一旦有人掏它们的巢，

　　　　　　它们照样拿有时用以逃亡的翅膀
　　　　　　与人搏斗，哪怕牺牲自己的性命
　　　　　　也要保证幼雏不被触碰？
　　　　　　可耻啊，主上，您应以它们为榜样！
　　　　　　这么好一个孩子，由于父亲的过失，
　　　　　　居然丧失了继承权，岂不是件憾事？
　　　　　　多年以后他将告诉自己的孩子：
　　　　　　"我曾祖父和他祖父创立的基业，
　　　　　　让我父亲稀里糊涂地给葬送了。"
　　　　　　啊，这是多么可耻哟！看看这个孩子；
　　　　　　看看他坚毅的脸，日后必定大有作为，
　　　　　　您就该铁起您那副优柔寡断的心肠，
　　　　　　保住您的基业并把这份基业传给他。

亨利六世　　克利福德真是能言巧辩，
　　　　　　这番话说得是义正词严；
　　　　　　不过，克利福德，我问你，你难道从来
　　　　　　没听说过不义而取之物没有好下场吗？
　　　　　　做父亲的因大肆敛财而下地狱，
　　　　　　做儿子的难道就永远有了福气？
　　　　　　我身后要把善行德业留给儿子，
　　　　　　真希望父亲没给我留下其他东西；
　　　　　　因为所有其他须付出惨重代价
　　　　　　才能保住的东西，所带来的是
　　　　　　千重的忧虑，没有丝毫的欢愉。
　　　　　　啊，约克老弟，但愿你最好的朋友们知道，
　　　　　　你的首级挂在这里叫我心里有多煎熬！

玛格丽特王后　主公，打起精神来；大敌压境，你这样柔心弱骨，多让部众心灰意冷。

你答应过封咱们早慧的儿子为骑士；

快拔出你的剑来，立刻为他加封 [1]。

爱德华，跪下。

亨利六世　爱德华·金雀花，平身，你已受封骑士；

谨记这一训示：你拔剑是为维护正义。

爱德华太子　我仁慈的父王，请父王恩准，

我要以王位当然继承人的身份拔出此剑，

奋力厮杀，誓死也要夺回王冠。

克利福德　嘿，这话说得才像一位有出息的太子。

一信差上

信差　王师诸位将领，速作准备因应：

支持约克公爵的沃里克率领

一支三万人的大军来势汹汹；

他们大军每经过一座城，都宣称

约克是国王，很多人都纷纷响应。

严阵以待，他们马上就要到来。

下

克利福德　我希望陛下最好离开战场；

您不在，王后才最能打下胜仗。

玛格丽特王后　对，好主公，让我们自己碰碰运气。

亨利六世　唉，那也是我的运气；所以我要留下。

诺森伯兰　那就得下定作战的决心。

爱德华太子　父王，鼓舞鼓舞这些高贵的大人，

激励激励那些为您而战的将士们。

拔出您的剑，好父亲，高呼"圣乔治！"

1　封爵时，君王须用剑轻触跪在自己面前的受封者的肩。

行军鼓声。爱德华、沃里克、理查、克拉伦斯（乔治）[1]、诺福克、蒙塔古率众兵士上

爱德华　　　哼，不守誓言的亨利，你是要跪地求饶，

把你的王冠放到我的头上，

还是要到战场上去见阎王？

玛格丽特王后　去，骂你那帮宵小去，狂妄无礼的小子。

在你主上、你合法的国王面前，

你敢如此造次犯上、口出狂言？

爱德华　　　我是他的国王，他应向我屈膝行礼；

立我为王位继承人，经他亲口同意。

只是后来他背弃誓言，因为我听说，

王冠虽然戴在他头顶，你却是真正的王上，

你已授意他在议会搞出了一套新法案，

要把我挤掉，把他自己的儿子塞进去。

克利福德　　这也名正言顺呀：

老子的王位儿子不继承谁继承？

理查　　　是你吗，屠夫？啊，我话都说不出了！

克利福德　　对，驼子，我在这里等着呢，不管是你，

还是你一伙中最自以为是的，我都奉陪到底。

理查　　　是你杀害了小拉特兰，是不是？

克利福德　　对，还有老约克，不过我还没过够瘾。

理查　　　看在上帝的分上，大人们，发出开战信号吧。

沃里克　　　你有什么话说，亨利，你愿意交出王位吗？

玛格丽特王后　哟，怎么，长舌的沃里克，你敢开口？

上次你与我在圣奥尔本斯遭遇时，

1　克拉伦斯（乔治）：乔治其实在第二幕第六场才被封为克拉伦斯公爵。

	你两条腿比你那双手倒是更卖力。
沃里克	那次是轮到我逃的时候，这次轮到你了。
克利福德	这话你说过多少回了，而你还是逃了。
沃里克	克利福德，把我撵跑的可不是你的英勇。
诺森伯兰	不错，可你那英雄气概也没能让你挺住。
理查	诺森伯兰，我一向对你心怀敬重。
	别打嘴仗了，这个克利福德太不是人，
	居然残杀孩子，简直让我忍无可忍，
	今天我一定要一解这心头之恨。
克利福德	我宰了你老子。难道你管他叫孩子？
理查	哼，可你确实像孬种和卑鄙懦夫一般，
	杀害了我们弱小的弟弟拉特兰。
	不过日落之前，我要叫你诅咒自己这劣迹。
亨利六世	别吵了，诸位大人，听我说几句。
玛格丽特王后	那就臭骂他们一顿，否则就把嘴巴闭紧。
亨利六世	我求你，别给我的舌头设限；
	我身为一国之君，有说话的特权。
克利福德	主上，导致今天这场对峙的那块创伤，
	言语反正也医不好；所以您还是别吭声为妙。
理查	那好，刽子手，就亮出你的剑；
	创造我们大家的上帝明鉴，我敢说，
	克利福德的英雄气都停留在他舌尖。
爱德华	说，亨利，让不让我得到我的权利？
	上千号人今天已经用过早饭，
	你不交王冠午饭就决吃不到嘴边。
沃里克	你不交，他们就要为你的脑袋流血，
	因为约克为维护正义已经顶盔掼甲。

爱德华太子　如果沃里克所说的正义都成了正义，
　　　　　　那就没有不义之事，什么都是正义。

理查　　　不管你是谁的种，那儿站的肯定是你妈，
　　　　　　因为我看得清楚，你和你妈一样铁齿铜牙。

玛格丽特王后　可你既不像你老子又不像你老娘，
　　　　　　倒是生得跟个丑八怪没什么两样，
　　　　　　就像有毒蛤蟆或蜥蜴可怕的刺伤，
　　　　　　生来命中注定叫人就得小心提防。

理查　　　镀了一层英格兰金[1]的那不勒斯[2]破铁，
　　　　　　你父亲虽然头上顶着个国王的虚名，
　　　　　　实际上与把阴沟称作大海没多大差别，
　　　　　　你明知自己是从哪儿爬出来的，却硬要
　　　　　　让你的舌头暴露你的劣根性，不丢人吗？

爱德华　　为了让这不要脸的泼妇认清自己，
　　　　　　就是花一千克朗给她买束麦秸[3]也值。
　　　　　　虽然你丈夫可能和墨涅拉俄斯[4]类似，
　　　　　　可希腊的海伦可远比你要生得标致；
　　　　　　况且阿伽门农的老弟被那浪荡女人所欺，
　　　　　　也从没像眼前这位国王被你耍成这样子。

1　镀……金：指玛格丽特嫁到英格兰是往自己脸上贴金。原文 gilt 与 guilt（罪行）谐音双关，汉译时无法保留此双关，于是在"铁（iron）"字上做了点文章，译成"破铁"，以期与"破鞋"谐音。——译者附注
2　那不勒斯：玛格丽特系那不勒斯名义上的国王雷尼耶之女。
3　麦秸：过去，西方传统上要泼妇戴上一个草编花环示众。
4　墨涅拉俄斯……海伦：特洛伊的海伦（Helen）据说是当时世界上最美的女人；她背叛丈夫斯巴达国王、阿伽门农（Agamemnon）之弟墨涅拉俄斯（Menelaus），随帕里斯（Paris）私奔，引发特洛伊战争。

> 亨利父亲当年在法兰西腹地可以任意随心，
> 把法王治得服服帖帖，叫王太子俯首称臣。
> 要是他娶的是一位门当户对的女子，
> 还是有可能把那份光荣延续到今日。
> 无奈他偏偏把一个叫花子弄上了床，
> 大婚之日还让你的穷老子沾了大光，
> 就在那时阳光为他酝酿了一场骤雨，
> 将他父亲法兰西的基业冲了个彻底，
> 国内骚乱迭起，动摇了他王位根基。
> 若非你狂妄又何至于引出这场祸事？
> 你要为人谦和，我家继承权会一直搁置，
> 而且，出于对这位仁慈国王的怜悯之意，
> 我们的主张原本也可以挨到下一代再提。

乔治　　可当我们看到我们的阳光成就了你的春日，
　　　　而你的夏天却没给我们带来任何收获时，
　　　　我们也就只好向你篡位的根须挥起斧子。
　　　　虽然斧刃也不免多少会伤及我们自己，
　　　　不过，你要放明白，既然已经动了手，
　　　　不将你彻底砍倒，我们就决不会罢休，
　　　　否则就用我们的热血浇灌你茁壮生长。

爱德华　　我也下定了这样的决心，向你挑战，
　　　　既然你不让仁慈的国王发言，
　　　　我也就不想再谈什么判。
　　　　吹响号角，让我们猩红的旗帜招展，
　　　　不夺取胜利，就地下长眠！

玛格丽特王后　　等一等，爱德华。

爱德华　　不，爱斗嘴的婆娘，我们不会再等。

今天这场争吵将断送掉一万条性命。　　　　　众人下

第三场　/　景同前

约克附近战场

警号声。过场交战。沃里克上

沃里克　　像赛跑选手一样，我筋疲力敝，
　　　　　　我且躺下歇上一会儿，好喘口气儿，
　　　　　　挨了那么多下，又作了那么多还击，
　　　　　　我强壮的筋肉已经没了一点儿力气，
　　　　　　不管好歹，我都得休息一会儿再说。

爱德华跑上

爱德华　　微笑吧，仁慈的上天，动手吧，狠毒的死神，
　　　　　　这世界皱起了眉头，爱德华的太阳已被乌云遮隐。

沃里克　　怎么啦，主上，运气怎么样？有没有好转的希望？

乔治上

乔治　　　我们的运气是吃败仗，希望是悲惨无望。
　　　　　　我们的队伍已经溃散，我们眼看就要完蛋。
　　　　　　你有什么高见？我们该往哪儿逃难？

爱德华　　逃不顶用，他们插了翅膀似的追踪，
　　　　　　我们势单力薄，摆脱不了他们的追兵。

理查上

理查　　　啊，沃里克，你为什么退下阵来了？

令弟[1]被克利福德长矛的钢尖一下刺中，
淌出的鲜血已被这片干渴的土地饮用，
在垂死挣扎的那一刻他还在呼喊，
听上去就像远处传来的凄厉的铿锵声：
"沃里克，报仇！兄长，替我雪恨！"
接下来，他便倒在了敌人的马腹之下，
马蹄距毛上都沾染了他热气腾腾的血迹，
这位高贵的绅士就这样一命归西。

沃里克　那就用我们的热血把这块土地灌个醉饱。
我要宰了我的马，因为我决不会逃之夭夭。
我们干吗跟心软的娘儿们似的站在这里，
号哭我们的伤亡，任由敌人逞强，
却袖手一旁，仿佛这一出悲剧
只是演员装模作样地演戏一样？
（跪地）我这里跪在地上对着上帝发誓，
我决不再歇息，决不再呆呆站立，
要么让死神给我合上这双眼睛，
要么让命运之神助我报复个干净。

爱德华　噢，沃里克，我同你一起跪地，
用这一誓言把我和你的心连在一起。
在我的膝盖从这冰冷的地面站起之前，
能扶立国王，也能罢黜君主的神，
我把双手、双眼和心全都交给您，
我乞求您，如果您的旨意已注定
我这血肉之躯要被敌人猎取享用，

1　令弟：即沃里克同父异母的非婚生兄弟托马斯·内维尔（Thomas Neville）。

就请您打开天庭的那两扇大铜门，
让我负罪的灵魂得以安然地通行。
好，各位大人，就此别过，无论是
在天上还是在人间，咱们后会有期。

理查 兄长，把你的手伸给我，还有，高贵的沃里克，
让我用我这疲惫的双臂拥抱一下你。
我，从不落泪，如今眼见得严酷的冬天
要截断我们大好春光，也不免悲泪涟涟。

沃里克 走吧，走！亲爱的列位大人，再一次告别。

乔治 我们还是一起去看看我们的队伍，
凡不愿留下的，要逃就由他们逃去，
凡愿同我们共存亡的，称其为栋梁。
如果我们赢了，就对他们许以重奖，
绝不亚于奥运会上胜者所得的奖赏。
这或可将勇气植入他们动摇的胸膛，
因为现在还有一线活命得胜的希望。
不要再耽搁了，咱们这就速速行动。 众人下

第四场 / 景同前

过场交战。理查与克利福德上

理查 哼，克利福德，现在我已让你落了单 [1]。

---

1 让你落了单：源自狩猎术语，指将一头鹿与鹿群分隔开。

假定这两只胳膊，一只为了约克公爵，
一只为了拉特兰，两只都定要把仇报，
纵然你有一堵铜墙护身环绕。

克利福德　　哼，理查，现在我与你在此单打独斗。
这便是刺死你老子约克的那只手，
这便是诛杀你弟弟拉特兰的那只手，
这儿是见他们一命呜呼而狂喜的那颗心，
它要为宰了你老子和弟弟的这双手鼓劲，
让它们对你也如法炮制。
那好，吃我一剑！（两人相斗）

沃里克赶来增援理查，克利福德逃之夭夭

理查　　　　不，沃里克，你去另找别的猎物，
这条恶狼我要亲自把它逼上绝路。　　　　　同下

第五场　/　景同前

警号。亨利王独自上

亨利六世　　这一仗打得就跟黎明时分的大战一样，
垂死的乌云在与越来越亮的曙光较量，
那时分，牧羊人朝指头上哈气取暖，
也分不清楚到底是白昼还是夜晚。
时而倒向这一边，恰似滔滔大海
乘潮涨之势与风搏击一般。

时而又倒向那一边，恰似同一大海
因狂风大作而节节后退一般。
一会儿潮水得胜，一会儿风又成功，
此时这边逞威风，彼时那里却称雄；
双方前胸对前胸，争强斗胜，
结果却谁也没输，谁也没赢；
这场恶战就是一模一样的情形。
在这鼹鼠丘上我且坐下来歇息，
上帝要谁胜利，就让谁获胜去。
反正我的王后玛格丽特，还有克利福德，
把我轰下了战场，两人都发誓说什么
只有我不在场时，他们才能高奏凯歌。
我宁愿自己已死，若这是上帝的好意；
因为这个世界上除了悲愁，还有什么？
噢，上帝！在我看来，幸福的生活
莫过于做一个敦厚朴实的乡下人，
坐在山丘之上，就像我现在这样，
一度一度地精心雕刻出一些日晷，
观看光阴是如何一分一分地流逝：
多少分钟凑成一整个小时，
多少小时拼起来组成一天，
多少个一天才会过满一年，
一个凡人可以活上多少年。
明白了这个，再来分配时间：
这么多小时我得用来照看羊群，
这么多小时我得用来休息，
这么多小时我得用来沉思，

这么多小时我得用来消遣，
这么多天我的母羊已经怀了胎，
这么多周后傻家伙们就要产崽，
这么多年后我就有羊毛要剪。
就这样分、时、日、月和年，
过后便来到了它们注定的归宿，
将苍苍白发带进静悄悄的坟墓。
啊，这是多好的日子！多甜蜜！多美妙！
牧羊人在山楂丛中照看自己纯朴的羊群，
头顶的那一片荫凉岂不比
罩在终日担心臣民造反的国君
头顶的锦绣华盖更加温馨？
噢，真的，真的要温馨；温馨一千倍。
总而言之，牧羊人的家常凝乳，
他皮囊里倒出来的凉凉的薄酒，
他习惯了的清新树荫下的睡眠，
他能无忧无虑开怀享受的一切，
都远胜国王终日那些金迷纸醉，
远胜他黄金杯盘里那珍馐生辉，
远胜他身卧那华丽的玉床锦被，
却终日被忧虑、猜忌、叛逆包围。

警号。一弑父之子自一门上，一杀子之父自另一门上，两人均扛着亡者的尸首

子　　　　对谁都不利的风刮得不对。
　　　　我在肉搏中亲手杀掉的这个人，
　　　　身上说不定有一笔不小的钱财，
　　　　现在我或许能将它们据为己有，
　　　　不过天黑之前我又有可能连同

性命交与别人，就像这死人之于我。
这人是谁？天哪！是我父亲的脸，
这混战中我无意之间把他杀死了。
悲惨的时代啊，竟会出这种事情！
我是应国王征召从伦敦而来的。
我父亲，身为沃里克伯爵的部下，
受了主子的派遣，来替约克卖命。
我呢，从他手中得到了我的生命，
竟然用我的双手夺去了他的生命。
饶恕我吧，上帝，我是实属无意呀。
饶恕我吧，父亲，我没认出来是您。
我要用泪水来洗刷掉这些血迹，
不流个痛快，半个字我也说不出来。

亨利六世　噢，多可怜的景象！噢，多血腥的年头！
狮子们为了它们的窝穴厮杀搏斗，
可怜无辜的羔羊却要跟着遭殃受罪。
哭吧，可怜的人儿；我来帮你落泪。
且让我们的心和眼睛，像内战一样，
因为落泪而瞎，因为过度悲伤而碎。

父　　　（扛着儿子的尸首上前）
你这如此顽强抵抗过我的家伙，
你要是有金子，就把金子交给我，
我可是揍了你一百下才换来的呀。
不过让我瞧瞧：这是我们敌人的脸？
啊，不，不，不，这是我的独子呀！
啊，孩子，如果你还有一口活气，
就睁开双眼！看，看我心如刀割，

泪如雨下，洒落在你的伤口上，
我的眼都要瞎了，心都要碎了。
噢，上帝，可怜这灾难深重的时代吧！
这场殊死斗争每天导致的恶果是
何等凶险，何等恶毒，何等残忍，
罪恶滔天，倒行逆施，灭绝人性！
噢，孩子，你父亲生你生得太早，
而夺去你的生命又夺去得太快！

亨利六世 苦难叠苦难！非同一般悲伤的悲伤！
噢，但愿我一死能阻止这些惨事发生！
噢，仁慈的上天，您就发发慈悲吧！
他的脸上同时有红白两色玫瑰，
这是我们两大对立家族要命的族徽；
一个正好由他殷红的鲜血来象征，
另一个，我想，他惨白的两颊可以代表。
让一朵玫瑰枯萎，让另一朵盛开吧。
若互不相让，一千条性命势必凋亡。

子 我娘若是知道我亲手杀死了我爹，
不知该怎样臭骂我也永难得到慰藉！

父 我老婆若是知道我亲手杀死了我儿子，
不知该怎样泪流成海也永难释怀！

亨利六世 听到这些悲惨的不幸，举国上下
不知该把国王想得多坏也永难罢休！

子 老子死了，有我这样悲哀的儿子吗？

父 儿子死了，有我这样哀痛的老子吗？

亨利六世 臣民遭殃，有我这样伤心的国王吗？
你们十分悲伤；可我还要悲伤十倍。

子	我要把你背走，找个地方哭个够。	背着父尸下
父	我要用我这两只胳膊作你的殓衣，	
	用我的心作你的坟墓，亲爱的孩子，	
	因为你的形象永不会从我心头消逝。	
	我声声叹息的胸膛将成为你的丧钟；	
	我只有你这么一个独子，失去你，	
	我也要像普里阿摩斯 [1] 失去他那些	
	英勇的儿子一样，举行隆重的葬礼。	
	我要把你背离此地；谁爱打谁打去，	
	因为我在不该打杀的时候动了杀机。	背着子尸下
亨利六世	伤心的人哪，叫忧愁害得可够受，	
	可这儿坐着的国王比你们更悲愁。	

警号。过场交战。王后、太子与埃克塞特上

爱德华太子	快逃，父王，快逃！您的朋友都已逃走，
	沃里克气势汹汹就像一头被惹急了的公牛；
	快走，死神穷追不舍正紧跟在我们后头。
玛格丽特王后	快上马，主公，快奔贝里克 [2] 去。
	爱德华和理查，就像是一对灵猩
	看见了一只吓得飞奔逃命的兔子，
	两双眼睛愤怒得是火星直往外冒，
	恶狠狠的手里提着血淋淋的钢刀，
	就在我们的后面，所以快走为妙。
埃克塞特	走吧，复仇之神跟着他们来了。

---

1 普里阿摩斯（Priam）：特洛伊王，有 50 个儿子，均在特洛伊之战中阵亡。

2 贝里克（Berwick）：即特威德河畔贝里克（Berwick-upon-Tweed），英格兰与苏格兰边界上一城镇。

不，别在这里磨磨叽叽，快走，

不然，您随后来。我先走一步。

亨利六世　　不，好埃克塞特，带我一块去；

我倒不是怕留下，只是王后要到哪里

我也想跟到哪里。前进，走！　　　　　　众人下

第六场　　/　　景同前

震耳的警号声。克利福德负伤上

克利福德　　我的蜡烛就要在此燃尽；唉，在此熄灭，

没灭之前，它曾给予过亨利王光亮。

噢，兰开斯特，我对您覆亡的担心

胜过我自己的身体脱离我的灵魂！

我凭借魅力和威望为您凝聚了许多朋友，

如今我要倒地。您强大的黏合体要消逝，

削弱亨利，助长约克的骄矜之气，

百姓像夏日的苍蝇一样乱舞群集，

而蚊虫不飞向太阳[1]又会飞向哪里？

现在除了亨利的敌人谁还会光芒如炬？

噢，福玻斯，要是您当初不曾准许

法厄同去驾驭您的火蹄神驹，

1　太阳：即爱德华的徽记。

您烈火熊熊的车子决不会烧焦大地！

唉，亨利，若您当初有点国王的样子，

或者像您父王和他父王那样理政处事，

不给约克家族占一丝一毫便宜，

他们就决不会像夏日苍蝇般蜂拥而出；

我和这不幸国土上的千万个忠义之士，

就不会撇下孤儿寡母来哀悼我们的死，

而您今天也就依然能稳坐自己的位子。

能让杂草滋蔓的不正是和煦的轻风？

能让强盗横行的不正是过分的宽容？

悲叹已是徒劳，我的创伤已无可救药。

现在已是无路可逃，也没有力气再跑。

敌人残酷无情，断然不会怜悯宽容，

落入他们手中别想让他们手下留情。

空气已经侵入了我致命的伤口，

流血过多，我都快要昏了过去。

来，约克和理查，沃里克，还有剩余人等；

我捅了你们老子的心；你们劈开我的胸膛吧。（晕倒）

警号。收兵号。爱德华、沃里克、理查及众兵士、蒙塔古与乔治上

爱德华　　嗨，喘口气，诸位。幸运要我们稍事休息，

用和颜悦色缓和一下战争的狰狞眉宇。

派些人马去追赶那个心狠手辣的王后，

她挟持着身为王上却心地平和的亨利，

就像一面被阵阵劲风吹得鼓胀的船帆，

强行驱使着一艘大商船劈波斩浪一般。

不过诸位想想，克利福德和他们一块逃了吗？

沃里克　　不，他纵然是插翅也不可能逃脱，

因为，就是当着他的 [1] 面我也会这么说，

令弟理查已经把他送进了坟地，

无论他在哪里，肯定已是僵尸一具。

克利福德呻吟，继而咽气

理查　　是谁的灵魂在作沉痛的诀别？

　　　　是垂死的呻吟，有如生死永隔。

爱德华　看看是谁。如今战事业已结束，

　　　　不管是友是敌，都应好好照顾。

理查　　收回这仁慈的决定吧，因为是克利福德，

　　　　拉特兰这枝刚刚吐出叶芽的嫩条，

　　　　便被他一刀砍掉，砍完还不满足，

　　　　又举起他血腥的屠刀砍入

　　　　那曾生出这条嫩枝的根株，

　　　　我指的是我们高贵的父亲约克公爵。

沃里克　把克利福德悬于约克城门上的那颗头颅，

　　　　也即令尊大人的头颅取下来，

　　　　再把这颗挂到那里去顶替：

　　　　一报还一报，须得如此。

爱德华　把这只对朕和朕一家不送喜讯、

　　　　专传噩耗的不祥角鸮拖过来；

　　　　现在死神堵住了他阴森可怖的声音，

　　　　他不吉利的舌头再也无法鼓噪双唇。

沃里克　我看他现在已经是人事不省了吧。

　　　　说，克利福德，你可知道谁在跟你说话？

　　　　死亡的阴云已经遮住了他生命的光束，

1　他的：既可能指克利福德，也可能指理查。

	他既看不见我们，也听不见我们的话语。
理查	噢，但愿不至于，没准儿他意识还清楚，
	只不过是在那儿诈死装糊涂，
	父亲临死之际，他说了那么多刻薄话，
	他是不想听我们用同样的话来回敬他。
乔治	你若这么想，就来几句尖酸话气他一下。
理查	克利福德，求饶吧，不过别指望得到宽恕。
爱德华	克利福德，忏悔吧，可惜已是悔之不及。
沃里克	克利福德，为你的罪过编些借口吧。
乔治	正好让我们趁此想些大刑来惩罚你的罪过。
理查	你爱戴过约克，而我就是约克的儿子。
爱德华	你怜悯过拉特兰，我也要怜悯怜悯你。
乔治	你的玛格丽特首领呢？怎么不来护着你呀？
沃里克	他们嘲弄你，克利福德；像往常一样骂呀。
理查	怎么，一句也不骂？唉，克利福德对他的朋友们
	一句都舍不得奉送，这可真是世事维艰难做人。
	如此看来他是死了，我以灵魂起誓，
	若这只右手能够换回两个小时性命，
	让我得以痛痛快快地臭骂上他一通，
	我就用这只手把它剁下来，用喷涌的血
	呛死这个嗜血成性的恶棍，
	他杀害了约克和小拉特兰还意犹未尽。
沃里克	唉，可他已死。砍掉这逆贼的首级，
	挂到令尊首级高悬的那个位置上去。
	现在您大可以乘胜向伦敦进击，
	在那里举行英格兰国王的加冕礼；
	沃里克我将从那里渡海出使法兰西，

去请求波娜郡主[1]做您的王后。
这样您便可以把两国联为一体，
有了法兰西作朋友，您就不必
忧惧溃散之敌妄图要东山再起，
尽管他们蜇刺伤人不会太严重，
不过还得提防他们嗡嗡嘤嘤害您耳朵疼。
我打算先看完您的加冕仪式，
然后便渡海前往布列塔尼，
去促成这桩婚事，只要您诚有此意。

爱德华　　亲爱的沃里克，就依你的意思办理，
我得以登上王位全赖你的大力扶持，
不征求你的意思，得不到你的同意，
我绝对不会贸然去办这件事。
理查，我封你为格洛斯特公爵，
乔治，克拉伦斯公爵；沃里克，如朕自己，
一举一废皆可便宜行事。

理查　　让我做克拉伦斯公爵，乔治做格洛斯特公爵去，
因为格洛斯特的公爵爵位太不吉利[2]。

沃里克　　啧，那纯粹是一派愚蠢的看法。
理查，做你的格洛斯特公爵好啦。
现在就到伦敦去接受这些册封吧。

众人下

1　波娜郡主（Lady Bona）：萨伏依公爵（Duke of Savoy）之女，她姐姐嫁给了法兰西国王路易
　　十一。
2　不吉利：前三任格洛斯特公爵均未得善终。

第 三 幕

第一场 / 第六景

英格兰北部，靠近苏格兰边境的一片森林

二猎场看守员手持弩上

看守员甲　　咱俩躲在这片茂密的树丛里，

　　　　　　　因为一会儿就会有鹿群经过这片空地，

　　　　　　　咱们利用这隐秘的地方作掩体，

　　　　　　　把整个鹿群中的头鹿射死。

看守员乙　　我就待在山上，这样咱俩都可以放箭。

看守员甲　　那可不成。你弦一有响声，

　　　　　　　会让鹿群受惊，那我就没法射中。

　　　　　　　咱俩都待在这里，好好瞄准就是，

　　　　　　　为了不让这段时间显得单调无趣，

　　　　　　　我给你讲讲一天我碰到的一件事儿，

　　　　　　　就发生在咱俩现在要站的这个地儿。

看守员乙　　过来了一个人。等他过去了再说。

国王乔装手持一祈祷书上

亨利六世　　出于厚爱，我从苏格兰偷偷跑了回来，

　　　　　　　用我渴望的目光看一看我自己的国土。

　　　　　　　不，哈利，哈利，这已不是你的国土；

　　　　　　　你的位置已被代替，你的王杖已被攫取，

你接受膏立时涂身上的膏油[1]已被洗去。

现在不会有人屈膝尊称你为凯撒[2]，

不会有人谦卑地请求你主持正义，

不，不会有人来你这儿鸣冤叫屈。

我哪儿帮得了他们，自顾都已无力？

看守员甲 嘿，这头鹿的皮可以作给看守员的犒赏[3]，

这人是从前的国王；咱俩去把他逮住。

亨利六世 让我拥抱那些讨厌的敌人吧，

因为哲人们说那是最明智的办法。

看守员乙 干吗磨磨蹭蹭？咱们对他下手吧。

看守员甲 先等一会儿，且听还说些什么。

亨利六世 我的王后王儿已到法兰西求援去，

我听说，那个威风凛凛了不得的沃里克

也到那边儿去了，请求法王的小姨子

嫁给爱德华为妻。如果这个消息属实，

可怜的王后王儿，你们也就白费心机，

因为沃里克那张嘴巴可是伶牙俐齿，

而路易[4]那主儿又偏偏是个软耳根子。

如此说玛格丽特倒也可能叫他怜惜，

她可是一个很招人怜香惜玉的女子：

她的声声叹息可以攻克他的胸膛，

她的滴滴泪水可以滴穿铁石心肠，

---

1 膏油（balm）：加冕礼上给君王涂的圣油。

2 凯撒：皇帝，统治者。

3 给看守员的犒赏：习惯上，宰杀鹿之后，会把鹿角和鹿皮送给猎场看守员。

4 路易：路易十一。

老虎听到她的哀哭也会变得驯良；

尼禄[1]闻听她的哭诉，眼见她的咸泪，

也会感动得不免心生慈悲。

唉，可她去是乞怜，沃里克是给脸面：

她，立于他的左边，替亨利求援；

他，立于他的右边，为爱德华求欢。

她声泪俱下，诉说她的亨利已被废黜；

他喜笑颜开，夸耀他的爱德华业已登极；

她可怜兮兮，心里酸楚，再也说不下去，

沃里克则侃侃而谈爱德华因何有权登基，

替他文过饰非，列举一大堆有力的证据，

最终将法王从她那边争取了过去，

让他许下自己的小姨子和其他东西，

来巩固和加强爱德华王的位置。

玛格丽特哟，结局必定如此，可怜的你，

被人冷落一旁，还和去时一样孤苦无依。

看守员乙	喂，你干什么的，怎么张嘴闭嘴都是王上王后？
亨利六世	比我现在的样子强，不如我生来的时候风光；
	起码也算个人，总不至于更寒碜。
	人人都可以谈论国王，我为什么就不能呢？
看守员乙	不错，不过你说话的口气好像你就是个国王。
亨利六世	噫，我就是国王，精神上是，这也就够了。
看守员乙	可是，如果你是国王，你的王冠在哪里？
亨利六世	我的王冠不在头上，在我心里，
	上面没有装饰颗颗钻石和印度宝石，

---

1 尼禄（Nero）：罗马臭名昭著的暴君。

	也非肉眼能目睹；我的王冠叫知足。
	这样的王冠鲜有国王有消受的洪福。
看守员乙	好，如果你是戴着知足王冠的国王，
	你的王冠知足和你本人就得知足地
	跟我们走一趟，因为，我们俩料想，
	你就是被爱德华王废黜了的那个国王，
	作为曾经宣誓要万般效忠于他的臣民，
	我们要把你拿住，因为你是他的敌人。
亨利六世	难道你们从来就不曾发过誓后又背弃吗？
看守员乙	没有，从未有过，现在也不会。
亨利六世	我做英格兰国王那阵子，你们住在哪里？
看守员乙	就在这片地区，眼下我们还住这里。
亨利六世	我出生九个月就受膏立做了王上，
	我父亲和祖父也都曾经威加四方，
	你俩都曾宣誓要做我忠实的臣民；
	那告诉我，你们岂不是背弃了自己的誓言？
看守员甲	没有，
	因为只有你做国王那会儿我们才是你的臣民。
亨利六世	噫？我死了吗？我不是喘着气的大活人吗？
	啊，糊涂虫，你们根本不清楚自己发的誓。
	瞧，正如我把这根羽毛从我面前吹走，
	风儿又把它吹回到我面前一样，
	我吹气的时候顺从我吹出的气流，
	另一股风一吹又顺从另一股晃悠，
	总是哪一股风大就听哪一股摆布，
	你们正是这样轻浮，俗子凡夫。
	不过别背弃你们的誓言，我这小小的请求，

是为了不让你们背上背信弃誓的罪名。

随便你们想去哪里，本王我无不从命，

就当你们是国王，下令吧，我一定服从。

看守员甲 我们是国王，爱德华王的忠实臣民。

亨利六世 如果亨利像爱德华王一样坐上王位，

你们便又要再度做亨利的忠实臣民了。

看守员甲 我们谨以上帝和国王的名义命令你，

跟我们俩一块儿见官去。

亨利六世 以上帝的名义，前头带路。你们国王的名义必须服从，

上帝想要如何，就让你们国王去办理，

他想要怎么办，我都乖乖地谨遵旨意。 众人下

第二场 / 第七景

伦敦王宫

爱德华王、理查（现已晋为格洛斯特公爵）、乔治（现已晋为克拉伦斯公爵）、格雷夫人上（理查下称格洛斯特，乔治下称克拉伦斯）

爱德华四世 格洛斯特老弟，在圣奥尔本斯战场上，

这位夫人的丈夫，理查[1]·格雷爵士惨遭不幸，

他的土地于是被战胜者占领。

她现在请求将那些土地收回，

---

1 理查：据史料所载，应为约翰。

从道义上说我们应准了才对，
因为这位可敬的绅士是为咱们
约克家族效力才落个命丧战阵。

格洛斯特 陛下完全可以准了她的请求；
拒绝她反倒有些丢脸蒙羞。

爱德华四世 谁说不是呢，不过我还得考虑一下。

（格洛斯特与克拉伦斯自此一直旁白）

格洛斯特 哟，还得考虑？
我看这位夫人得先奉上一样东西[1]后，
王上才会批准她的这一小小请求。

克拉伦斯 他是行猎高手[2]。坚定地处在下风口![3]

格洛斯特 别作声!

爱德华四世 寡妇，你的请求孤王会予以考虑，
改日找个时间来听朕的旨意。

格雷夫人 最最仁慈的主上，我等不及，
还请陛下您现在就替我裁处，
您从心所欲[4]，都能令我满足[5]。

格洛斯特 是吗，寡妇？他高兴做的事儿要都能让你满意，
那我担保你可以收回你所有的土地。
贴上去斗[6]，不然，老实说，你会被捅[7]上一下。

---

1 东西：暗指女性生殖器。
2 行猎高手：暗指向女性求欢。
3 避免让猎物嗅到自己的味道。
4 欲：兼具"性欲"之意。
5 满足：兼具"性满足"之意。
6 贴近对手，从而形成牵制，避免被刺中（兼具性含义）。
7 捅：兼具性含义。

克拉伦斯	我倒不为她担心，除非她偶一失足躺了下去。
格洛斯特	上帝不让她失足，否则他就会乘虚而入。
爱德华四世	你有几个孩子，寡妇？告诉我。
克拉伦斯	我想他是想跟她要个孩子[1]。
格洛斯特	才不呢，错了你打我；他倒会给她两个。
格雷夫人	三个，我最最仁慈的主上。
格洛斯特	你不愁有四个，只要你从了他。
爱德华四世	他们要失去父亲的土地真可惜呀。
格雷夫人	开开恩吧，威严的主上，那就准了吧。
爱德华四世	二位，回避一下；我要试试这寡妇的深浅。
	（格洛斯特与克拉伦斯退后，继续旁白）
格洛斯特	好，我们告退，好让你无拘无束， 直到青春告退，把你交给一根拐杖[2]。
爱德华四世	现在告诉我，夫人，你爱不爱你的孩子？
格雷夫人	爱，就像爱我自己一般深挚。
爱德华四世	你可愿尽力做些能给他们带来好处的事情？
格雷夫人	只要能给他们带来好处，我吃一点亏也行。
爱德华四世	那就收回你丈夫的土地，给他们好处吧。
格雷夫人	我正是为此才来求陛下的呀。
爱德华四世	我来告诉你如何收回这些土地。
格雷夫人	若能这样，为陛下效劳我便义不容辞。
爱德华四世	我把土地给了你，你愿意为我效什么劳呢？
格雷夫人	只要是我力所能及的，随您吩咐。

1　想跟她要个孩子：兼具"请求得到她一个儿子的监护权（可以为监护人带来经济利益）"、"让她怀孕"之意。

2　拐杖：原文为 crutch，与 crotch（胯部，裤裆）谐音双关。

爱德华四世	只怕我提出来你就不这么说了。
格雷夫人	不会的，仁慈的主上，除非是我办不到。
爱德华四世	噢，我想请你做的那事儿，你肯定没问题。
格雷夫人	哟，那陛下吩咐我做什么，我就做什么。
格洛斯特	他在她身上真够下功夫，要来个雨滴石穿啦。
克拉伦斯	热得像团火！哼，她的蜡肯定得化了。
格雷夫人	陛下缘何停下了？不想让我听听我得干点啥？
爱德华四世	一件容易事儿，就是爱一位国王。
格雷夫人	这事儿马上就能做，我是做臣民的嘛。
爱德华四世	嗯，那好，你丈夫的土地我爽快地发还给你。
格雷夫人	那我就千恩万谢，起身告退了。
格洛斯特	交易达成了；她屈膝行礼就是画押同意了。
爱德华四世	不过你且慢，我的意思是指爱的结果。
格雷夫人	我的意思也是指爱的结果，我敬爱的主上。
爱德华四世	对，不过，我怕你是误会成了别的意思。
	你以为，我费这么大的劲，追求的是哪一种爱？
格雷夫人	我至死不渝的爱，我谦卑的感激，我的祷祝，
	高尚人所能要求的和高尚人所能给予的那种爱。
爱德华四世	不，说实话，我指的不是这种爱。
格雷夫人	噫，这么说您指的不是我以为您指的那种爱。
爱德华四世	不过现在我的心思你或许看出几分了吧。
格雷夫人	陛下打的什么主意我看出来了，不过
	我是决不会应允的，如果我猜得没错。
爱德华四世	跟你明说了吧，我想与你共枕同床。
格雷夫人	也跟您明说了吧，那我宁可去蹲班房。
爱德华四世	哼，那你就休想收回你丈夫的土地。
格雷夫人	哼，那我的贞节就将成为我的地产，

	我决不会牺牲贞节去换取那些土地。
爱德华四世	你那样做可就太对不住你的孩子们了。
格雷夫人	陛下这样做休说他们连我也对不住了。
	可是，至高无上的主上，我郑重其事请您开恩，
	您却这样拿我寻开心，实在是太不相称。
	请您放我走吧，说一声"允"还是"不允"。
爱德华四世	唉，如果你对我的请求说"允"，我就说"允"，
	你对我的要求说"不允"，我就说"不允"。
格雷夫人	那么，不允，陛下。我这情也就不求了。
格洛斯特	那寡妇不喜欢他，眉头都皱起来了。
克拉伦斯	信奉基督的国度里，数他求婚最鲁莽。
爱德华四世	（旁白）她的外表确实说明她十分贞烈，
	她的言辞确实表明她才思无比敏捷，
	她完美的气质处处堪与帝王相当，
	无论从哪方面讲，她都要配国王，
	她不做我的情人，就做我的王后。——
	（对她）爱德华王我要娶你为王后，你看怎样？
格雷夫人	这话说得好听当不得真，仁慈的主上；
	我一介小民，供您取笑还差不多，
	而要贵为王后，那可万万使不得。
爱德华四世	亲爱的寡妇，我以我的地位对你起誓，
	我所说的完全是发自肺腑的真心实意，
	那就是，为了我的爱我一定要得到你。
格雷夫人	而那正是我断然不能相依的一件事：
	我知道我太卑微，做您的王后不配，
	不过做您的情妇，我又实在太高贵。
爱德华四世	你这是咬文嚼字，寡妇；我就是要你做我的王后。

格雷夫人	我那几个儿子管您叫父亲您必会郁闷。
爱德华四世	不会比我那几个女儿管你叫母亲更不开心。
	你是个寡妇，而且已有几个孩子，
	而我，圣母见怜，虽还单身一人，
	倒也有几个孩子。嘿，儿女成群，
	这个父亲做起来可真个是好开心。
	别再说了，反正你得做我的王后。
格洛斯特	神父现在已经办完了神工[1]。
克拉伦斯	他做告解神父，可是别有所图。
爱德华四世	二位老弟，一定想知道我俩谈的什么事儿吧。
格洛斯特	（对爱德华）那寡妇愁眉苦脸的，不乐意吧。
爱德华四世	你们肯定会感到惊奇，如果我要将她婚配。
克拉伦斯	婚配给谁，陛下？
爱德华四世	嗳，克拉伦斯，给我本人呗。
格洛斯特	那起码是叫人惊奇上十天的奇闻[2]。
克拉伦斯	那不过比一般的奇闻多出了一天。
格洛斯特	能持续这么久已经是天大的奇事。
爱德华四世	嗨，接着取笑吧，二位老弟。我可以奉告二位：
	她请求发还她丈夫的土地，我已经批准了。
一贵族上	
贵族	我仁慈的主上，您的仇人亨利已被拿获，
	身为您的阶下囚现已押到您的宫门来了。
爱德华四世	派人把他押到塔狱里监禁，
	二位老弟，咱们去见见拿获他的人，

1　办完了神工：兼具"行过了云雨"之意。
2　十天的奇闻：源自谚语 A wonder lasts but nine days（事过九天，不再新鲜）。

问问他是怎么被生擒。——

寡妇，你也去吧。——诸位，要好生待她。

众人下。格洛斯特的理查留台

格洛斯特　没错儿，爱德华肯定会好好对待女人。

但愿他淘虚身子骨，精髓气血全干枯，

让他的那玩意儿变成个不中用的废物，

生不出枝叶来妨碍我渴望的黄金时光。

不过，在我心之所欲和我之间——

纵然好色的爱德华一命呜呼——

还横着克拉伦斯、亨利、他儿子小爱德华，

还有他们不经意之间留下的那些情种，

一个个都会在我就位之前便捷足先登。

对我的目标来说多么凄凉的一片前景。

咳，如此说，我对王位不过是虚梦一场，

这就好比一个人站在海角之上，

眺望自己想踏足的一处遥远海岸一样，

巴不得自己的双脚能像双眼一般灵光，

无奈可望不可即，只能怒骂那片汪洋，

声言要叫它干枯，为自己开辟出坦途；

我期冀王冠正好与此类似，遥不可及，

所以我也要怒骂妨碍我得到它的藩篱，

同样，我也要声言彻底铲除拦路荆棘，

借助这些无望之事来蒙蔽一下自己。

我这眼犀利有余，我这心只恨天低，

就怕我这手和气力无法与它们相齐。

唉，如果说我理查注定享不得王国，

那么这世上还能有什么可叫我快活？

我要在女人怀里营造起自己的天堂，
用华服盛装把自己打扮得风流倜傥，
用甜言蜜语、勾魂目光迷住漂亮女郎。
噢，痴心妄想，这事儿成功的希望
可比拿下二十顶黄金王冠还要渺茫。
唉，我在娘肚子里就已被爱神抛弃，
为了不让我涉足她风月场里的事儿，
她靠贿赂腐蚀了意志薄弱的造物主，
把我的胳膊萎缩得活像一根枯树枝，
堆造了一座可恨的山压上我的背脊，
畸形怪状盘踞其上，捉弄我的身体；
将我两条腿弄得粗细不匀，长短不一，
害得我身上每一个部分都比例尽失，
整个儿一团糟，像头熊崽未经舔舐 [1]，
那样子与母熊全然没有半点儿相似。
那么我是个能讨女人欢心的男子吗？
噢，大错特错，居然心存这样的想法。
那么，既然这尘世没有快乐可以给我，
只许我对那些相貌在我自己之上的人
发号施令，申斥训诫，摆布驾驭，
我便只能梦想王冠来构筑自己的天堂，
在我有生之年，我当视这人间为地狱，
直到有朝一日托着这颗头的畸形身躯
箍上一顶荣光闪闪的王冠为止。
只是我还不知道如何才能得到那王冠，

1　熊崽未经舔舐：过去西方人认为熊崽须经母熊舔过之后始才成形。

因为好些人还横在我和我的目标之间，

而我——就像一个人在荆棘丛里迷失方向，

一面披荆斩棘，一面又被荆棘所刺伤，

一边寻找出路，一边又误入歧途，

不知道怎样才能找到开阔的地方，

却还是不辞劳苦，拼命要将那地方找出——

自讨苦吃，想夺取英格兰王冠；

我一定要让自己摆脱这种困苦，

不然就抡起血斧杀出一条生路。

哼，我可以微笑，可以笑里藏刀，

面对痛心之事可以大声说"满意"，

同样也可以故作悲伤，以泪洗面，

可以视场合摆出各种不同的嘴脸。

我要比海妖[1]诱惑更多的水手溺亡，

我要比蛇怪[2]杀死更多盯视我的人，

我能言善辩，堪与涅斯托耳[3]比肩，

我老谋深算，能令尤利西斯[4]汗颜，

有如西农[5]，能巧取另一个特洛伊城。

我善变颜色，绝对胜过那变色龙，

---

1 海妖（mermaid）：古典神话中的塞壬（siren），据说会以甜美的歌声迷惑水手的心智，令其船只触礁沉没，葬身鱼腹。

2 蛇怪（basilisk）：神话中能以目光杀人的爬行动物。

3 涅斯托耳（Nestor）：攻打特洛伊的希腊将领，以足智多谋、能言善辩闻名于世。

4 尤利西斯（Ulysses）：伊塔刻（Ithaca）国王，亦是荷马史诗《奥德修纪》（Odyssey）中的英雄，以计谋著称。

5 西农（Sinon）：在维吉尔（Virgil）的《埃涅阿斯纪》（Aeneid）中，他假装背弃希腊人，劝说特洛伊王普里阿摩斯允许将木马拖入特洛伊城，结果导致特洛伊城被毁。

> 我精于变形，普洛透斯 [1] 甘拜下风，
> 还能教给凶残的马基雅弗利 [2] 本领。
> 这些我都能，就不能弄顶王冠戴戴？
> 哼，即便它再远些，我也要把它摘。　　　　　下

第三场　　/　　第八景

法兰西王宫

喇叭奏花腔。法兰西国王路易、路易妻妹波娜、路易的海军元帅波旁、爱德华
太子、玛格丽特王后与牛津伯爵上。路易坐下，复又站起

路易王　　　美貌的英格兰王后，尊贵的玛格丽特，
　　　　　　随孤王坐下来。路易坐着，却让您站着，
　　　　　　实在是委屈您的地位和身份了。

玛格丽特王后　不敢当，伟大的法兰西国君；
　　　　　　现在玛格丽特必须放下架子，学会谨遵
　　　　　　谕旨，克献殷勤。必须承认，我本人
　　　　　　在那黄金岁月里确曾母仪过大阿尔比恩 [3]，
　　　　　　可现在厄运已经践踏了我的王后之尊，
　　　　　　把我打倒在地，颜面全都丢尽，

1　普洛透斯（Proteus）：海神涅普顿（Neptune）的牧人，具有随意变形的能力。
2　马基雅弗利（Machevil）：阴谋家，不道德的谋略家（典出尼科洛·马基雅弗利 [Niccolò Machiavelli] 的《君主论》[The Prince]，16 世纪一部被视为提倡玩弄政治权术的专著）。
3　阿尔比恩（Albion）：即英格兰。

我必须安于与我命运相称的位置，
安分地坐回到我卑微的座位上去。

路易王 咦，美丽的王后，这深深的绝望缘何而起？

玛格丽特王后 说到那缘由，我就不由得泪水盈眶，
我的舌头就发僵，心房就浸透了忧伤。

路易王 不管是什么缘由，望您依然保持应有威仪，
挨着朕坐下来；（让她坐到自己身旁）
您无须伸着脖子
听凭命运套上枷锁，在任何厄运面前，
您都要保持临难无慑、藐视一切的本色。
玛格丽特王后，您有何忧烦还请坦言相告；
只要法王我能够效劳，一定为您排忧解恼。

玛格丽特王后 这番体恤之言令我低落的心绪振作起来，
我在舌端滚了半晌的苦衷得以一吐为快。
所以现在我要让高贵的路易知道，
亨利，那个独享我爱情的人，
堂堂一国之君已经蒙受风尘，
被迫孤苦伶仃地流落到了苏格兰；
而骄横恣肆、野心勃勃的约克公爵
爱德华却颠覆了英格兰名正言顺的
合法国君，篡夺了王号和王位。
正是这个原因，可怜的玛格丽特我
才带着这个儿子，爱德华太子，亨利的后嗣，
前来祈求您伸出正义而合法的援手。
您若坐视不救，我们全部希望便化为乌有。
苏格兰倒是有心搭救，却心有余而力不足，
我们的人民和大小贵胄全都被引入了歧途，

	我们的财物已被侵占，我们的队伍已溃散，
	正如您所见，我们自身处境也是悲惨不堪。
路易王	久负盛名的王后，您且耐着性子忍耐忍耐，
	容朕想个办法看如何把这场风暴平息下来。
玛格丽特王后	我们耗得越久，我们的敌人就越强。
路易王	我泡得越久，您从我这里得到的就越多。
玛格丽特王后	噢，焦急总与真心的悲哀形影相随。
	看，那个令我悲哀的祸种这不就来了！

沃里克上

路易王	这个大模大样来到孤王面前的是什么人？
玛格丽特王后	敝国的沃里克伯爵，爱德华头一号的朋友。
路易王	欢迎，勇武的沃里克，什么风把您吹到法兰西来了？

（路易走下王座。玛格丽特起身）

玛格丽特王后	唉，真是一场风暴未息，一场风暴又起，
	因为他正是那个兴风又作浪的罪魁祸首。
沃里克	我奉了我家主上，您的盟友，
	阿尔比恩国王，贤德的爱德华之命，
	怀着满腔善意和一片至诚而来，
	首先，向您的圣躬敬致问候之意，
	其次，请求缔结一项友好的盟约，
	最后，愿以喜结姻缘来巩固
	这一友好关系，还求您慨许，
	让您美丽的妻妹，贤淑的波娜郡主，
	与英格兰国王结为合法夫妇。
玛格丽特王后	（旁白？）这事儿要是得逞，亨利的希望就算落空。
沃里克	（对波娜）贤淑的郡主殿下，若能得到您的惠允，
	我谨遵命代表我们的国君，

　　　　　　　　恭恭敬敬地吻您的玉手，用我的舌头
　　　　　　　　向您诉说我家主上心坎里的一腔热忱；
　　　　　　　　您的芳名，您的美貌，您的贤淑，
　　　　　　　　他最近都留心听在耳里，记在心底。

玛格丽特王后　　路易王和波娜郡主，二位答复沃里克之前，
　　　　　　　　还请听我一言。他的这一番请求
　　　　　　　　并非出自爱德华善意而真挚的爱慕，
　　　　　　　　而是情势所逼才想出来的骗人诡计。
　　　　　　　　试想，篡位的帝王如果在国外无法傍上
　　　　　　　　强大的盟邦，哪一个能稳坐国内的朝堂？
　　　　　　　　要证明他篡位自立仅这一条就足矣，
　　　　　　　　如今亨利还在世；就算亨利王已死，
　　　　　　　　也还有他儿子爱德华太子站在这里。
　　　　　　　　所以，当心，路易，可不要让这一次
　　　　　　　　结盟和联姻给您带来祸事，落个声名扫地，
　　　　　　　　因为篡位者虽然能左右局势于一时，
　　　　　　　　然天道无私，时间自会将恶行荡涤。

沃里克　　　　好个恶语伤人的玛格丽特。

爱德华太子　　何不称王后？

沃里克　　　　因为你老子亨利是篡位登基，
　　　　　　　　她算不得王后，你也不是太子。

牛津　　　　　这么说沃里克是把曾经征服过西班牙
　　　　　　　　大半壁江山的伟大的冈特的约翰[1]忽略不计；
　　　　　　　　继冈特的约翰之后，便是亨利四世，

1　冈特的约翰（John of Gaunt）：亨利四世之父，亨利六世之曾祖父；系《理查二世》中的主要人物。

其智慧是最英明的君王的一面宝镜；
继这位明君之后，便是那亨利五世，
他凭自己的武力征服了整个法兰西；
我们亨利正是这些先王的嫡传后裔。

沃里克　牛津，你在这番头头是道的说辞里，
缘何只字不提亨利六世把亨利五世
所打下的江山丢失殆尽的那些经历？
我想法兰西这些位贵族怕是要见笑。
至于那其余，你不过是细数了一遍
六十二年 [1] 的谱系，这区区一段时间，
根本就不能判定一个王国的归属权。

牛津　噫，沃里克，你对主上臣服了三十六年 [2]，
现在居然说出这种大逆不道的恶言，
难道就不为自己的背叛而害臊红脸？

沃里克　难道向来维护正义的牛津，
今天要用谱系来袒护邪恶吗？
可耻，离开亨利，奉爱德华为君。

牛津　我能奉一个专权枉判，将我兄长
奥布里·维尔 [3] 大人冤杀的人为王？
还不止于此，就连我那已届
风烛残年、行将就木的父亲，
也一样没有能逃出他的手心。

1　六十二年：即自 1399 年亨利四世废黜理查二世，至 1461 年爱德华四世废黜亨利六世这 62 年。

2　三十六年：这段时间与沃里克的年龄更为接近（他生于 1428 年），因为他在 1455 年倒向了约克家族。

3　奥布里·维尔（Aubrey Vere）：他和他父亲牛津伯爵于 1462 年以叛逆罪被爱德华四世处死。

	不，沃里克，不；只要这只手臂尚存活力，
	这只手臂就会支持兰开斯特王室。
沃里克	而我则会支持约克王室。
路易王	玛格丽特王后，爱德华太子，还有牛津，
	孤王请你们三位屈尊回避一会儿，
	我要跟沃里克再好好谈一谈。（三人退到一旁）
玛格丽特王后	上天保佑可别叫他让沃里克给迷惑了。
路易王	现在，沃里克，你对我说一句良心话，
	爱德华是你们真正的国王吗？我可不愿意
	跟不是合法选立的国王有任何联系。
沃里克	这一点我可以用我的信用和荣誉保证。
路易王	可在百姓心目中，他是否受欢迎？
沃里克	他深得人心，因为亨利无道。
路易王	那么我再问你，虚套之词休提，
	跟我有一说一，他对御妹波娜
	究竟抱有何等程度的爱意。
沃里克	他对令妹的爱意
	不失像他那样的君王身份。
	我本人经常亲耳听他发誓说，
	他这份爱是一棵醒目的[1]树，
	树根深扎于德行的厚土，
	树叶、果实深得美的太阳呵护，
	不会招致怨恨，但难保不遭人嫌恶[2]，
	除非波娜郡主肯结束他的相思之苦。

1 醒目的：原文为 external，有些编者倾向于八开本的"eternal（永恒的）"。
2 嫌恶：（波娜可能产生的）嫌恶，鄙夷。

路易王	妹子，现在把你的决定说与朕听听。
波娜	您应允，或拒绝，也就是我的决定。——
	（对沃里克）不过我承认，在今天以前每每听人
	如数家珍地谈论起你们国王的人品，
	我听后都不由得肃然起敬，心驰神往。
路易王	那好，沃里克，就这么定：御妹就许给爱德华。
	咱们现在就拟定一套具体的协议条款，
	定下你们国王须划拨给她多少地产，
	这地产自然得比得上她的妆奁。——
	过来，玛格丽特王后，来见证
	波娜将许配给英格兰国王为后。
爱德华太子	是许配给爱德华，不是给英格兰国王。
玛格丽特王后	狡诈的沃里克，都是你的奸计，
	靠联姻这一招儿害得我的请求没了戏。
	你没来之前，路易还是亨利的朋友的。
路易王	现在依然是他和玛格丽特的朋友。
	不过从爱德华交上了好运来看，
	你们要求王位的理由似乎薄弱，
	那我取消适才援助你们的诺言，
	也就顺理成章，没什么好抱怨。
	话又说回来，只要是合于你们身份，
	又不让我为难的事，我还是愿意效劳。
沃里克	亨利眼下在苏格兰活得优哉惬意，
	反正一无所有，也就不会有什么好失去。
	至于你自己嘛，我们前朝的王后，
	你有一个养活你不成问题的老子，
	你最好找他去，不要麻烦法兰西。

玛格丽特王后	住口，放肆无耻的沃里克， 你这轻举废立之事的狂妄家伙。 我偏不走，我要用我的言语和泪水—— 二者都充满真诚——向路易王揭穿 你的诡计和你主子虚伪爱情的嘴脸， （幕内一快马信使吹号角） 因为你们两个都是一路货色。
路易王	沃里克，这是哪个快马信使要来见孤王或你。

上述快马信使上

快马信使	（对沃里克）特使大人，这些信是给您的， 是令弟蒙塔古侯爵写给您的。—— （对路易）这些信是敝国国王写给陛下您的。—— （对玛格丽特）夫人，这些是给您的，谁写的我不清楚。

各自阅信

牛津	我很欢喜，咱们美丽的王后娘娘看信 看得眉开眼笑，而沃里克却愁上眉梢。
爱德华太子	嘿，瞧路易直跺脚，好像好不气恼。 我希望是大好事。
路易王	沃里克，你的消息如何？——你的呢，美丽的王后？
玛格丽特王后	我的，使我心中充满了意外之喜。
沃里克	我的，尽是伤心事，让我心里很不满意。
路易王	什么？你们国王已经娶了格雷夫人为妻？ 现在倒好，为了掩饰你的哄骗和他的虚情假意， 居然送来一张破纸劝我忍下这口恶气？ 这就是他要和法兰西缔结的盟友关系？ 他竟敢如此不把孤王放在眼里？
玛格丽特王后	我之前就已跟陛下这么说过；

这便证明了爱德华的爱情和沃里克的实诚。

沃里克　　路易国王，苍天作证，凭着我希望

得到的天堂之福，我在这儿郑重声明，

我与爱德华的这种荒唐行径断无干系，

他不再是我的主上，因为他使我名誉扫地，

好在最丢人的是他自己，他若还知道羞耻。

约克家族害得我父英年丧命[1]，

这件事我过去不是都抛诸脑后了吗？

他糟蹋我侄女，我不是都没计较吗？[2]

不是我鼎力相助让他戴上了王冠吗？

不是我迫使亨利丢掉与生俱来的权利吗？

到头来他报答我的就是让我丢人现眼吗？

叫他自己丢人去，因为我应得的是荣誉。

为了恢复我为了他而损失的荣誉起见，

我就此与他决裂，重新回到亨利这边。——

我高贵的王后，还请您捐弃前嫌，

从今往后，我来做您的忠实奴仆。

我一定要替波娜郡主出这口冤枉气，

并重新扶植亨利坐上他从前的位置。

玛格丽特王后　　沃里克，你这番话已使我化恨为爱，

对过去的过失我一概不计，全部释怀，

并为你重新成为亨利王的朋友而欢快。

沃里克　　绝对是他的朋友，对，他真心实意的朋友，

1　英年丧命：沃里克之父索尔兹伯里伯爵在韦克菲尔德一战中为约克家族效命，被俘遭处决。

2　据莎士比亚的主要资料来源之一霍林谢德的《编年史》记载，爱德华曾企图“奸污”其女或侄女。

如蒙路易王慨允，调拨几支精兵给我们，

我一定自告奋勇率领他们，

打回我们的海岸去，用战争

迫使那篡位的家伙滚下位子。

他新婚的娘子给不了他支持。

至于克拉伦斯，我从信中得知，

现在十有八九要与他分庭抗礼，

因为这婚姻更多是为淫欲而非荣誉，

亦非出于对国家的国力和安危考虑。

波娜	亲爱的姐夫，您要是不帮这落难的王后，
	又如何能替波娜我出这口恶气？
玛格丽特王后	名震四海的君王，您要是见死不救，
	可怜的亨利又如何在绝望中活下去？
波娜	我和这位英格兰王后同心勠力。
沃里克	美丽的波娜郡主，我和您同舟共济。
路易王	我和她，你，还有玛格丽特共命运，
	所以，最后，我决定横下一条心，
	坚决支援你们。
玛格丽特王后	请容许我一并向各位表示卑恭的谢忱。
路易王	那么，英格兰的信使，火速回去，
	告诉虚伪的爱德华，你那自封的国王，
	法兰西的路易拟派去一队假面舞艺人，
	同他和他燕尔新婚的娘子玩他个兴尽。
	你眼见了事情经过，去吓吓你们国君。
波娜	告诉他，料他用不了多久就会守鳏，

到时候我定替他戴上一个柳条花环[1]。

玛格丽特王后　告诉他，我已把丧服撂到了一旁，

正待要换上一身戎装。

沃里克　替我捎句话给他，他干的事对我不住，

所以我很快就要把他头上的王冠摘除。

（给钱）这是给你的赏钱。去吧。 　　　　　快马信使下

路易王　对了，沃里克，

你和牛津，带领五千人马，

渡过海峡，去向狡诈的爱德华叫阵。

等到时机成熟，这位高贵的王后

和太子便随后率队伍去驰援你们。

不过，走之前，你须解答我一个疑虑：

你拿什么来向孤王保证你会忠贞不渝？

沃里克　我可以用这一点来保证我忠诚不移，

若我们王后和这位年轻的太子同意，

我愿把我的长女[2]，我的宝贝闺女，

许配给太子，让他们永结同心。

玛格丽特王后　好，我同意，谢谢你这一提议。——

爱德华我儿，她不仅美丽而且贤惠；

所以不要迟疑，把你的手伸给沃里克，

用你的手，表示你不可动摇的诚意，

除了沃里克的千金小姐，决不另娶。

爱德华太子　好，我娶她为妻，因为她很值得去爱，

1　柳条花环：被爱人遗弃的象征。

2　长女：据史料所载，许配给爱德华太子的是沃里克的次女安妮（Anne），但二人尚未完婚，
　　太子便死于非命。

作为我誓言的保证，我把手伸出来。（把手伸给沃里克）

路易王　　我们这还耽搁什么？马上召集起这些队伍。——
你，波旁勋爵，孤王的海军大元帅，
用我们的皇家舰队把他们渡送过海，
爱德华拿婚姻戏弄我法兰西千金小姐，
所以我真心渴望他吃败仗而终至覆灭。

众人下。沃里克留台

沃里克　　我来的时候是爱德华的特使，
回去的时候却成了他的死敌；
他委托我的使命乃婚姻喜事，
可怖的战争却是给他的回复。
他怎么就偏偏选中了我来作笑柄？
那就由我来叫他笑不成反而心痛。
当初扶他坐上王位我是一名主力，
现在我再做主力把他拉下那位子，
我这倒不是可怜亨利的处境悲苦，
只是要为爱德华的愚弄寻求报复。

下

第四幕

第一场　/　第九景

伦敦王宫

格洛斯特的理查、克拉伦斯、萨默塞特与蒙塔古上

格洛斯特　　嘿，告诉我，克拉伦斯兄长，你怎么看
　　　　　　　和格雷夫人新缔结的这一桩婚姻？
　　　　　　　咱们王兄是不是做了一个不错的选择？

克拉伦斯　　哎呀，你也知道，从这里到法兰西路途遥远。
　　　　　　　他哪能干等着沃里克打那儿往回返？

萨默塞特　　二位爵爷，别谈这个了；王上来啦。

格洛斯特　　他精挑细选的新娘子也来了。

克拉伦斯　　我想把我的想法直言不讳地告诉他。

喇叭奏花腔。爱德华王、格雷夫人（现称伊丽莎白王后）、彭布罗克、斯塔福德、黑斯廷斯上；四人立于一侧，四人立于另一侧

爱德华四世　嘿，克拉伦斯贤弟，你对孤王的选择怎么看？
　　　　　　　你站在那里阴沉着脸，是不是有些不满？

克拉伦斯　　如同法兰西的路易和沃里克伯爵一般，
　　　　　　　他们既胆小怕事，又是非不辨，
　　　　　　　受了咱们的骗，敢怒却不敢言。

爱德华四世　就算他们无缘无故对我不满也没啥：
　　　　　　　他们不过是路易和沃里克而已。我是爱德华，
　　　　　　　是你们和沃里克的国王，我想干就得干。

格洛斯特　　您是咱们的王上嘛，完全可以想干就干。

	不过草率的婚姻很少会幸福美满。
爱德华四世	哟，理查贤弟，难道你也对我不满吗？
格洛斯特	没有，我没有不满；
	天作之合，我怎能冒上帝之不韪想去拆散？
	再说啦，配合得如此融洽的一对儿，
	拆散了的话，岂不是太可惜了嘛。
爱德华四世	你们的讥诮和不满，先放到一边，
	摆一摆你们的理由，为什么格雷夫人
	就做不得我的妻子和英格兰的王后。——
	还有你们两个，萨默塞特和蒙塔古，
	不要有顾虑，心里怎么想就怎么说。
克拉伦斯	那么我的意见是这样：路易国王
	因为你在向波娜郡主求婚这件事上
	戏弄了他，免不了要成为你的敌方。
格洛斯特	还有沃里克，他奉你的委托去行事，
	不想却被你这新婚弄得丢尽了面子。
爱德华四世	倘若我能想出个主意把路易
	和沃里克二人都安抚下去呢？
蒙塔古	不过，要是和法兰西结了那门亲，
	肯定比在国内找任何人成婚都胜几分，
	有助于增强国力，抵御外敌入侵。
黑斯廷斯	噫，只要内部忠诚可靠，英格兰
	就很安全，你蒙塔古连这都不明白吗？
蒙塔古	但若有法兰西作后盾就会更加安全。
黑斯廷斯	最好是利用法兰西而不要信赖法兰西。
	让上帝，还有上帝所赐予我们的海洋
	这牢不可破的天险作我们的坚强后盾，

	我们只能依靠它们的帮助来保卫自己。
	它们，还有我们自己，乃我们安全所系。
克拉伦斯	就凭这一番宏论，黑斯廷斯勋爵就足以
	能与亨格福德勋爵的继承人 [1] 结为伉俪。
爱德华四世	嘿，那算什么？还不是我一句话，
	在这件事上我的旨意就等于是王法。
格洛斯特	不过我以为陛下有一事做得欠考虑，
	居然把继承斯凯尔斯勋爵产业的闺女
	赏给您百般宠爱的新婚娘子的弟弟 [2]；
	将她配给我或是克拉伦斯才更合适，
	可你有了新娘心里就没了兄弟情谊。
克拉伦斯	否则你也不至于把邦维尔勋爵的
	继承人赐给你新婚娘子的儿子 [3]，
	而让你的弟兄们到别处去打主意。
爱德华四世	哎哟，可怜的克拉伦斯，你不满意
	是为了讨老婆的事儿？我给你物色一个就是。
克拉伦斯	瞧你给自己物色的，你的眼力
	可见并不怎么的，所以，我的事儿
	你还是让我自个儿张罗去。
	为此，我打算过两天就向你告辞。
爱德华四世	去也好，留也罢，爱德华我都是主子，

1 亨格福德勋爵的继承人：即亨格福德勋爵（Lord Hungerford）之女玛丽（Mary）；据史料所载，娶玛丽为妻的是黑斯廷斯之子。

2 富有的斯凯尔斯勋爵（Lord Scales）之女伊丽莎白（Elizabeth），嫁给了新王后之弟安东尼·里弗斯勋爵（Lord Anthony Rivers）。

3 新婚娘子的儿子：即托马斯·格雷爵士（Sir Thomas Grey），娶了哈灵顿兼邦维尔勋爵（Lord Harrington and Bonville）的继承人。

再怎么着也不能按弟弟的意思行事。

伊丽莎白王后 众位大人，在承蒙国王陛下垂青，
将我的地位擢升到王后的名分之前，
还请公允待我，且你们都必须承认
我的出身其实并不微贱，何况出身
比我还微贱的人也享过同样的圣恩。
可正如这名分带给我和家人荣誉一般，
你们这些我本想讨好的人却心怀不满，
也给我的喜悦蒙上了一层危险和伤感。

爱德华四世 亲爱的，不必硬贴他们的冷脸。
只要爱德华我对你的情如天地久长，
是他们必须俯首听命的真正的国王，
有什么危险和悲愁会落到你的头上？
不，除非他们存心招惹我生出厌恨，
他们就不仅会服从我，也会爱戴你；
即便他们真惹我，我也会保你无虞，
定叫他们领略一下我震怒后的报复。

格洛斯特 （旁白）我听见了，只是要少说，多想。

一快马信使上

爱德华四世 喂，信使，你从法兰西带来了什么信件或消息？

快马信使 吾王陛下，没有信件，口信儿也不多，
不过这几句话如果得不到您的特别赦免，
我也断不敢说。

爱德华四世 行啦，本王赦你无罪；你且简要地
把他们的话尽量原原本本地告诉我。
路易王对本王去的信作了什么答复？

快马信使 我临回前，他亲口这么说：

"告诉虚伪的爱德华，你那自封的国王，

法兰西的路易拟派去一队假面舞艺人，

同他和他燕尔新婚的娘子玩他个兴尽。"

爱德华四世　　路易这般大胆？谅他是把我当成亨利了。

不过对于我的婚事，波娜郡主说了些什么？

快马信使　　她话头儿略带轻蔑，原话是这么说的：

"告诉他，料他用不了多久就会守鳏，

到时候我定替他戴上一个柳条花环。"

爱德华四世　　我不怪她；她说的算少的了。

她受了委屈。——亨利的王后怎么说？

我听说她当时也在座。

快马信使　　"告诉他，"她这么说，"我已把丧服撂到了一旁，

正待要换上一身戎装。"

爱德华四世　　看来她是想当一回亚马孙女战士了。

沃里克听了这些侮辱的话说了些什么？

快马信使　　他，比其他所有人对陛下的火气都大，

他打发我走的时候说了如下这番话：

"替我捎句话给他，他干的事对我不住，

所以我很快就要把他头上的王冠摘除。"

爱德华四世　　嗯？这叛徒竟敢说出如此狂妄的话？

好，既然得到了这警告，我就把自己武装好。

他们必有兵祸，为自己的狂妄付出代价。——

我来问你，沃里克跟玛格丽特修好了吗？

快马信使　　是的，圣明的主上，他们关系非常近，

年轻的太子爱德华与沃里克的女儿都订了婚。

| 克拉伦斯 | （旁白）大概是大女儿；克拉伦斯我要小的[1]。——

嘿，王兄，再会，坐稳你的位子，

我这就去找沃里克的另一个闺女，

我虽然没天下可坐，但婚姻大事

我可不见得会比你逊色。

凡爱戴我和沃里克的，随我走。

克拉伦斯下，萨默塞特随下

| 格洛斯特 | （旁白）我可不走。

我心里惦记着一个更远大的事由：

我留下不是爱戴爱德华，而是爱戴那顶王冠。

| 爱德华四世 | 克拉伦斯和萨默塞特都投奔沃里克去了！

不过发生再恶劣的情况我也已有备无患，

在这个紧急关头，需要迅速果断出手。——

彭布罗克和斯塔福德，你俩代表孤王

去征调人马，准备好出兵对敌作战；

他们不是已经，也是很快就要登岸。

我本人随后就跟上你们。 彭布罗克与斯塔福德同下

不过，我出发之前，黑斯廷斯和蒙塔古，

你们二位得先消除我的疑虑。遍观众人，

你们与沃里克在血统和姻亲上最为亲近；

告诉我你们爱戴沃里克是否胜过爱戴我？

如果是这样，你俩就不妨投奔他去好了。

我宁愿你们是仇敌也不要是虚伪的朋友。

不过你们如果有意继续真心向我效忠，

1　要小的：其实，克拉伦斯早在一年前（1469 年）就已经娶了沃里克的长女伊莎贝尔·内维尔
（Isabel Neville）为妻。——译者附注

　　　　　　　还请你们发下朋友般的誓言向我保证，
　　　　　　　好让我永远不会对你们二位产生猜疑。

蒙塔古　　　愿上帝赐佑，蒙塔古忠心耿耿！

黑斯廷斯　　愿上帝垂鉴，黑斯廷斯永矢忠诚！

爱德华四世　嗨，理查贤弟，你可愿站在朕一边？

格洛斯特　　愿意，哪怕再多人反对你。

爱德华四世　嘿，好。如此说，我是胜券在握。
　　　　　　　现在咱们立即出发，片刻也不要延误，
　　　　　　　去迎头痛击沃里克和他的外国队伍。　　　　　　众人下

第二场　　／　　第十景

英格兰[1]

沃里克与牛津率法军上

沃里克　　　相信我，大人，到目前为止一切都很顺。
　　　　　　　百姓成群结队地涌向我们。

克拉伦斯与萨默塞特上

　　　　　　　且看，萨默塞特与克拉伦斯来了。
　　　　　　　快说，二位大人，咱们可是朋友？

克拉伦斯　　这个不用担心，大人。

沃里克　　　那么，亲爱的克拉伦斯，欢迎来投沃里克。——

1　据史料所载，在沃里克附近。

也欢迎你，萨默塞特。人家胸襟崇高，

伸出坦诚的手向你示好，

你却心怀疑虑，我认为那是懦弱；

否则我可能会疑心爱德华的胞弟克拉伦斯，

也许不过是装成朋友来探听我们的虚实。

但我欢迎你，亲爱的克拉伦斯，小女归你。

现在还有什么可做呢，除了趁夜色朦胧，

你那兄长草率扎下大营，

他的人马在附近城镇里瞎混，

他身边只带了几个卫兵随侍，

咱们随时发动偷袭，将他捉住？

咱们的探子发现此乃手到擒来之事，

就像尤利西斯和勇敢的狄俄墨得斯，

凭着机智与勇气溜进瑞索斯的营帐，

盗走了色雷斯人生死攸关的马匹[1]，

我们，也正好借着夜幕的掩护，

来个出其不意，干掉爱德华的侍卫，

捉住他本人。我不是说杀掉他，

因为我只是想冷不防把他拿下。

你们凡是肯跟我去作此一试的，

就随你们领袖一起高呼亨利的名字。

众人齐呼"亨利！"

　　　　嘿，那好，咱们这就静悄悄地上路，

---

1 尤利西斯……马匹: 在荷马史诗《伊利昂纪》（Iliad）中，尤利西斯和狄俄墨得斯（Diomede）
在夜幕掩护下溜进色雷斯（Thracian）统帅瑞索斯（Rhesus）的营帐，偷走了他的马匹，因为
有一道神谕曾经预言只要瑞索斯的马匹在特洛伊草原上吃草，特洛伊便不会被希腊人攻陷。

上帝和圣乔治保佑沃里克及其朋友们！　　　　　众人下

第三场　/　第十一景

爱德华王营帐[1]

爱德华王营帐的三名卫士上

卫士甲	来，弟兄们，各自站好自己的岗位。
	王上这会子怕是要坐下来打个盹儿了。
卫士乙	什么，他不打算上床去睡觉吗？
卫士甲	噢，不；因为他郑重其事地发过誓：
	要么打败沃里克，要么他自己被打倒，
	在此之前，他决不躺在床上睡囫囵觉。
卫士乙	那明天大概就是见分晓的日子，
	如果沃里克真像人们所报的那么迫近。
卫士丙	可是请问，在王上的大帐里与王上
	一块儿休息的那位贵族是谁？
卫士甲	是黑斯廷斯勋爵，王上最器重的朋友。
卫士丙	哦，是吗？可王上为什么要命令
	他的主力部队睡到邻近的各个镇子，
	而他本人却要睡在这冷呵呵的野地？
卫士乙	因为越是危险，就越显得体面。

1　据史料所载，在沃里克附近。

卫士丙	唉，我倒还是宁愿安逸清闲， 也不愿要充满了危险的体面。 若沃里克知道他 [1] 目前这处境， 只怕他会来搅得他睡不安宁。
卫士甲	除非我们手中的长戟不给他放行。
卫士乙	是啊，我们在这里守卫王上的营帐， 不正是为了保护圣驾不遭敌人夜袭吗？

沃里克、克拉伦斯、牛津、萨默塞特及众法兰西兵士悄然上

沃里克	这便是他的营帐，瞧他的卫士站在那里。 拿出勇气，弟兄们；成败在此一搏； 随我来，爱德华定叫我们生擒活捉。
卫士甲	谁？
卫士乙	站住，否则要你小命！

沃里克及余众齐声高呼着"沃里克! 沃里克!"向卫士们扑过去，卫士们边逃边叫"操家伙! 操家伙!"沃里克及余众穷追不舍。鼓号齐鸣，沃里克、萨默塞特及余众上，国王爱德华身着睡衣被拽出，坐在一把椅子上。理查与黑斯廷斯过台面逃走

萨默塞特	那边逃跑的是什么人？
沃里克	理查和黑斯廷斯。随他们逃去。公爵反正 就在这里。
爱德华四世	公爵？嘿，沃里克，咱们分手时， 你可是称我王上的。
沃里克	没错，不过情况变了。 我出使国外时你让我颜面丢尽，

1　他：即爱德华。

我当即就贬黜了你的国王身份，
现在我来就是要封你为约克公爵。
咳，你既不懂得应该如何对待使臣，
又不知道怎样满足于只娶一个夫人，
不晓得如何用手足之情待自家兄弟，
不明白怎样开动脑筋为人民谋福利，
也不清楚应该如何自卫防敌的道理，
哪里有什么资格来把一个国家统治？

爱德华四世   唉，克拉伦斯贤弟，你也在这里？
咳，这么说爱德华真是非倒台不可了。——
不过，沃里克，纵然我遭遇再多祸事，
对于你本人以及你所有的党羽，
爱德华永远也要保持国王威仪。
命运女神虽狠心推翻了我的位子，
但我的心，她的轮子却鞭长莫及。[1]

沃里克   那好，就让爱德华在心里做英格兰国王吧，（摘下其王冠）
不过亨利现在要戴上英格兰王冠，
他来做真正的国王，你不过是作个样。——
萨默塞特爵爷，有劳你走一遭，
马上将爱德华公爵解送到
舍兄约克大主教那里去。
等我把彭布罗克及其部众收拾完毕，
我就去追赶你，告诉他路易
和波娜郡主给了他什么答复。——
好了，暂别一会儿，好约克公爵。（他们将他强行带走）

---

1 命运女神传统上被描绘成一个瞎女人，转动着一个决定人类命运沉浮的轮子。

爱德华四世	命运一旦加在头，人们只得忍受；
	顶风逆潮流，枉费一番苦斗。 众人下。牛津与沃里克留场
牛津	众位大人，现在我们不率军
	挺进伦敦，还欲何为？
沃里克	对，那是我们要做的头一桩事，
	去把亨利王上从大牢中救出，
	扶持他坐到国王的宝座上去。 同下

第四场 ／ 第十二景

伦敦

里弗斯与格雷夫人（伊丽莎白王后）上

里弗斯	娘娘，什么事让您这样情绪突变？
格雷夫人	嗳，里弗斯弟弟，你还没听说
	爱德华国王最近遭遇的不幸吗？
里弗斯	什么？是对沃里克那一战失利？
格雷夫人	不是，是他圣躬都不保了。
里弗斯	这就是说我主遇害了？
格雷夫人	唉，跟遇害差不多，他被俘虏了。
	不是他的卫兵叛变把他给出卖了，
	就是冷不防遭到了敌人的偷袭。
	我后来又得到了进一步的消息，
	他新近被解送给了约克大主教，

凶残的沃里克他哥哥，故也是我们仇敌。

里弗斯　　　　我得承认这些消息令人满心悲哀，

不过，仁慈的娘娘，还请您尽量忍耐，

今天获胜的沃里克，明天还可能失败。

格雷夫人　　　目前也只有往好处想才能活下来。

为了我这腹中爱德华的骨肉，

我只好勉励自己不要陷入绝望。

正是这骨肉才令我克制住情感，

面对厄运的折磨而强作起欢颜。

对，对，为此我忍住不少眼泪，

把椎心泣血的叹息都按捺下去，

唯恐哀叹或泪水把爱德华王的果实，

英格兰王位的正统继承人摧折或淹死。

里弗斯　　　　可是，娘娘，接下来沃里克会去哪里？

格雷夫人　　　我得报他正奔伦敦方向而来，

要把王冠再度放到亨利头上。

余下的你可想而知；爱德华王的亲信必倒无疑。

不过，为了防止这个逆贼的暴行——

因为曾经背誓变节的人不可信任——

我这就得动身赶往圣所[1]去避一避，

至少要替爱德华的王位保全个继承人。

在那里我可以免受暴力和阴谋的威胁。

所以来吧，趁现在还能逃咱们赶快逃。

若叫沃里克逮住咱们就只有死路一条。　　　　　　同下

---

1 圣所：教堂及隶属于教堂的建筑物，过去可为罪犯提供庇护；莎士比亚所引用的史料称伊丽莎白去的是威斯敏斯特。

第五场 / 第十三景

约克郡约克大主教的猎苑

理查、黑斯廷斯勋爵与威廉·斯坦利爵士率众兵士上

格洛斯特　　嗨，黑斯廷斯勋爵和威廉·斯坦利爵士，

　　　　　　　二位不必惊讶我为什么把你们

　　　　　　　拽到这猎苑中最茂密的丛林里。

　　　　　　　情况是这样的：你们知道咱们王上，

　　　　　　　我的王兄，现在囚禁在主教这里，

　　　　　　　主教待他不错，给了他很大自由，

　　　　　　　时常还让他到这边打猎自娱，

　　　　　　　只派区区几个卫士跟着监视。

　　　　　　　我已经秘密地通知了他，

　　　　　　　他若打着往常行猎的幌子，

　　　　　　　在大约这个时辰朝这边来，

　　　　　　　会有朋友带着马匹仆人在此，

　　　　　　　候着将他从樊笼中解救出去。

爱德华王与一陪其行猎的猎人上

猎人　　　　这边走，陛下，这边才有猎物。

爱德华四世　不，这边走，伙计。看猎人们都守在那里呢。——

　　　　　　　喂，格洛斯特贤弟，黑斯廷斯勋爵，还有余下诸位，

　　　　　　　你们站得这么隐蔽，是要偷猎主教的鹿吗？

格洛斯特　　哥哥，时间紧迫，事不宜迟，

　　　　　　　你的马在猎苑角上等着哩。

爱德华四世　可我们要往哪里去呢？

黑斯廷斯	去林镇 [1]，主上，
	再从那里坐船去佛兰德。
格洛斯特	猜得很对，真的，我正是这个意思。
爱德华四世	斯坦利，你这么热心我要重重赏你。
格洛斯特	我们还耽搁什么？这不是说话的时候。
爱德华四世	猎人，你意下如何？愿意跟我们走吗？
猎人	与其等着被绞死，还不如这样好。
格洛斯特	那就来，走。别再磨叽啦。
爱德华四世	主教，再会。当心沃里克跟你瞋目竖眉，
	还望你替我祈祷，祝我早日恢复王位。　　　　众人下

第六场　　/　　第十四景

伦敦塔

喇叭奏花腔。国王亨利六世、克拉伦斯、沃里克、萨默塞特、里士满的小亨利、牛津、蒙塔古与卫队长上

亨利六世	卫队长阁下，多亏上帝和诸位朋友
	把爱德华从王座上赶了下来，
	让我不再是阶下囚，重获了自由，
	恐惧化作希望，忧愁变成了欢乐，

1　林镇（Lynn）：即金斯林镇（King's Lynn），诺福克海滨一城镇。

	本王获释时该付给你多少关照费[1]？
卫队长	臣民哪有向主上开口的道理，
	不过倘若可以提一个小小请求的话，
	我倒是想祈求得到陛下的恕罪。
亨利六世	恕什么罪，卫队长？恕你待我不薄？
	不，你放心，我一定好好报答你的善待，
	因为它让我的牢狱生活过得悠闲自在。
	对，恰似笼中之鸟所领略到的欢快，
	经历过好一阵子忧郁惆怅之后，
	终于让满屋子充满和谐的歌声，
	把失去自由这事儿全忘到了脑后。
	沃里克，你恩比上帝，救我出囹圄，
	所以我首先要感谢上帝和你。
	上帝是主使，你则是代理。
	所以，为了克服命运的恶意，
	我要低调地活着，以免命运打击，
	同时也免得让我个人头上的灾星
	殃及这方乐土上千千万万的民众，
	沃里克，虽然我头上仍顶着王冠，
	但我这就把国家政务交与你处理，
	因为你办任何事情都无往而不利。
沃里克	陛下您一向都是以德行著称，
	如今您能窥察并避免遭受命运欺凌，
	足见您不仅大有德行，且十分聪明，
	因为很少有人能趋吉避凶，乐天安命；

---

1 关照费（due fees）：有钱的囚犯可付钱享受特殊伙食或服务。

	不过克拉伦斯在场您不选他反选我，
	在这件事上我还得把陛下数落数落。
克拉伦斯	不，沃里克，你执掌大权当之无愧，
	早在你出生之时，上天就已
	把橄榄枝和月桂冠赋予了你，
	保你在和平与战争中都有福气。
	所以我对你打心眼里表示赞许。
沃里克	我只推举克拉伦斯出任护国公。
亨利六世	沃里克和克拉伦斯，你俩都把手伸给我。
	现在你们携起手来，勠力同心，
	永远不要发生龃龉而贻误国政。
	我封你们两人同为本国护国公，
	我本人从此以后则即告退隐，
	在虔心修行中打发余生，
	谴责罪恶，赞美造物主。
沃里克	王上的旨意，克拉伦斯意下如何？
克拉伦斯	如果沃里克同意，在下也没异议。
	因为在下还得仰仗你的运气。
沃里克	唉，那么，虽不情愿，在下也只好同意。
	我们要齐心协力，就像一对影子
	跟着亨利，填补他的位置，
	我是指，共同挑起政务的重担，
	让他安享荣尊，乐得清闲。
	克拉伦斯，当前有一事刻不容缓，
	那就是马上宣布爱德华为反叛，
	并没收他的一切土地和财产。
克拉伦斯	这还用说？还有继位问题也得敲定。

沃里克	对，这件事可少不得克拉伦斯的份儿[1]。
亨利六世	不过，在你们商议国家大事之际，
	我请求你们，因为我已不再发号施令，
	派人去法兰西把你们王后玛格丽特
	和我儿爱德华火速接回来。
	因为不见到他们，我就吊胆悬心，
	我获得自由的快乐总蒙着一半阴云。
克拉伦斯	王上，此事保证从速办妥。
亨利六世	我的萨默塞特贤卿，这个年轻后生，
	看样子你是如此疼爱，他是何许人？
萨默塞特	回王上，他是小亨利，里士满伯爵[2]。
亨利六世	过来，英格兰的希望。（将手放在他头上）
	若冥冥中的力量
	在我卜卦时的预示中不存在半点欺诳，
	这位翩翩少年必将为我们国家带来吉祥。
	他仪表堂堂，充满了慈祥威严之象，
	他的脑袋天生就是佩戴王冠的形状，
	他生就一只执掌王杖的手，看这样，
	总有一日他可能为王上的宝座增光。
	好好培养他，众卿，我害苦了大家，
	将来能给大家带来福气的必定是他。

1 少不得克拉伦斯的份儿：若兰开斯特家族的王位继承权被驳回，爱德华以叛逆罪被褫夺权利，
  且忽略其未出世的子女的话，克拉伦斯则有充足的理由要求继承王位。
2 亨利，里士满伯爵（Henry, Earl of Richmond）：即亨利·都铎（Henry Tudor），日后的亨利七
  世，他的即位给玫瑰战争画上了句号。

一快马信使上

沃里克　什么消息，我的朋友？

快马信使　爱德华已从令兄[1]那儿逃离，

后来听说他逃往了勃艮第。

沃里克　倒胃口的消息！可他是怎么逃脱的？

快马信使　他是由格洛斯特公爵理查

和黑斯廷斯勋爵偷偷接应出去，

他俩不声不响地埋伏在树林边，

从主教的猎人手中将他救走了，

因为打猎是他每天少不了的消遣。

沃里克　我兄长也是太玩忽职守了。

不过我们离开这儿吧，我的主上，

去弄点膏药好敷治可能生出的疮。

　　　　　　　　　　众人下。萨默塞特、里士满与牛津留台

萨默塞特　爵爷，爱德华这次脱逃真让我扫兴，

因为勃艮第毫无疑问会给他支援，

用不了多久，我们又会战火重燃。

亨利方才所作的那番预言，

对小里士满寄予厚望，确令我满心喜欢，

但我心里又很忧虑，这样兵荒马乱，

怕会在他和我们头上降下什么灾难；

所以，牛津爵爷，且做好最坏打算，

我们这就把他从这里送往布列塔尼，

等躲过了内战的风暴之后再作计议。

牛津　对，因为如果爱德华重获王位，

1　令兄：即约克大主教。

里士满和别人一样，免不了要吃亏。

萨默塞特　　就这么办。得把他送到布列塔尼。

来，说干就干，这事须得从速办理。　　　　众人下

第七场　/　第十五景

约克城门外

喇叭奏花腔。爱德华、理查、黑斯廷斯及众兵士上

爱德华四世　嘿，理查贤弟，黑斯廷斯勋爵，还有余下诸位，

到目前为止，命运之神还在补偿我们，

而且还说我将把我衰落的地位

与亨利至尊的王位再对换一回。

我们顺利渡海而去，现又顺利渡海而归，

还如愿以偿地从勃艮第那里搬来了援兵。

我们既已从雷文斯珀[1]港来到了约克城前，

还不像进入自家的采地一般，

长驱直入，还更待何为？（黑斯廷斯敲门）

格洛斯特　　城门紧闭？兄长，这我可不喜欢，

因为许多人绊倒在门槛，

分明是被预先警告里面潜伏着危险。

爱德华四世　嘘，老弟，不祥之兆现在休想吓倒我们。

1　雷文斯珀（Ravenspurgh）：昔日约克郡亨伯河（River Humber）上一港口。

> 不管用什么法子，咱们好歹也必须进去，
> 因为咱们的朋友们要来这里跟咱们会师。

黑斯廷斯　　主上，我再去敲一次门，把他们叫出来。（敲门）

约克市长及其僚属自高台上至城墙之上

市长　　　　诸位大人，我们早就闻讯各位要光临，
　　　　　　　于是为了自身的安全而关闭了城门；
　　　　　　　因为现在我们要效忠的是亨利。

爱德华四世　不过，市长阁下，就算亨利是你的国王，
　　　　　　　可我爱德华怎么说也是约克的公爵呀。

市长　　　　当然，我的好爵爷，我也没小看您呀。

爱德华四世　咳，我不过是要求我的公爵采地，
　　　　　　　有了它我就已经非常称心如意。

格洛斯特　　（旁白）不过狐狸一旦把鼻子伸了进去，
　　　　　　　很快就会有办法挤进整个身子。

黑斯廷斯　　喂，市长阁下，你为什么还心存疑虑？
　　　　　　　打开城门，我们都是亨利王上的拥趸。

市长　　　　欸，你真这么说？那我就打开城门。（偕僚属下城）

格洛斯特　　好一位精明强干的长官，一哄就信。

黑斯廷斯　　这位老好人喜欢凡事都太太平平，
　　　　　　　只要不让他担责任就行。可一旦进了城，
　　　　　　　我毫不怀疑，我们不消多少工夫，
　　　　　　　就能说服他和他所有的僚属。

市长与两名市政官自主台上

爱德华四世　好了，市长阁下，这城门不得关闭，
　　　　　　　除了夜里和交战时期。
　　　　　　　什么！不必担心，伙计，只管把钥匙交给我。

　　　　　　（取过他的钥匙）

有我爱德华在此，准保这座城池和你，

以及所有愿意追随我的朋友万事无虞。

行军鼓声。蒙哥马利率鼓手及众兵士上

格洛斯特　　兄长，这位是约翰·蒙哥马利爵士，

我们可靠的朋友，除非我看走了眼。

爱德华四世　欢迎，约翰爵士。可你为何全副武装而来？

蒙哥马利　　为了帮爱德华王上闯过惊涛骇浪，

就像每个忠实的臣民应该做的那样。

爱德华四世　多谢，好蒙哥马利，但眼下孤王暂把王冕

继承权忘到一边，只要求得到我的公爵头衔，

余下的要等到上帝愿意赐予的那一天。

蒙哥马利　　那您好好保重，因为我还要前往别处。

我来是要为国王效忠，而不是为公爵服务。——

鼓手，擂起鼓来，咱们开到别的地方去。（行军鼓声起）

爱德华四世　别，留步，约翰爵士，稍等，我们商议下

看有没有恢复王位的妥善办法。

蒙哥马利　　您还谈什么商议呀？简单说吧，

您若不在此宣布自己是我们的王上的话，

我就把您撇下，让您听天由命，我还要

去阻拦人们前来助战，叫他们各回各家。

您都不要求称王，我们又何必要去打仗？

格洛斯特　　嗨，兄长，你何必拘泥于细枝末节？

爱德华四世　我们再强大一些时，再提出我们的权利。

时机成熟之前，不露声色才是明智之举。

黑斯廷斯　　去他的谨小慎微，现在得叫武力说话。

格洛斯特　　谁胆子大，谁就能最先把王冠摘下。

兄长，我们这就打算立刻宣布你为王上。

<table>
<tr><td></td><td>消息一传出肯定会给你带来大批的朋友。</td></tr>
</table>

爱德华四世　那就照你们的意思办，那乃我应有之权，

　　　　　而亨利只不过是篡位夺取了王冠。

蒙哥马利　对啦，这才像是我的主上说的话，

　　　　　现在我一定要为爱德华护航保驾。

黑斯廷斯　吹响号角。爱德华要在这里称王。

　　　　　来，战友，就由你来宣读吧。（喇叭奏花腔。号声）

兵士[1]　（宣读）"爱德华四世，蒙上帝洪恩，即位为英格兰与法

　　　　　兰西国王，爱尔兰领主，等等。"

蒙哥马利　谁要否认爱德华王上的这一权利，

　　　　　我就向谁单独挑战，我以此为誓。（将其铁手套[2]掷地）

众　爱德华四世万寿无疆！

爱德华四世　多谢，尊贵的蒙哥马利，多谢你们大家。

　　　　　如蒙命运眷顾，这番好意我定当好好报答。

　　　　　好，今夜咱们就在这约克城里住下，

　　　　　待到那朝阳驾驭着他的车驾

　　　　　跃出这地平线的边际之时，

　　　　　我们便直取沃里克和他的同党；

　　　　　因为我很清楚亨利根本就不会打仗。

　　　　　啊，任性的克拉伦斯，你背弃自家兄弟，

　　　　　去拍亨利的马屁，真是不可理喻！

　　　　　不过，有机会，朕要会会你和沃里克。

1　兵士（SOLDIER）：有些编者认为这句台词前的"兵士"加得不对，宣读此文告的应为蒙哥马利（Montgomery）。

2　铁手套（gauntlet）：传统决斗场上，挑战一方将其铁手套扔在地上表示叫战；将对方的铁手套拾起则表示应战。

来，勇敢的将士们，你们定能打胜仗，

等打了胜仗之后，你们定能得到重赏。　　　　　众人下

第八场　/　第十六景

伦敦伦敦主教官

喇叭奏花腔。国王、沃里克、蒙塔古、克拉伦斯、牛津与萨默塞特[1]上

沃里克　　　　有何主意，诸位？爱德华从比利时[2]，

带着鲁莽的日耳曼人和粗野的荷兰人，

已经安全地渡过了英吉利海峡，

率领他的队伍火速向伦敦挺进，

许多不坚定分子纷纷倒向了他。

亨利六世　　　咱们调集人马，把他再打回去。

克拉伦斯　　　星星之火，三两脚就可踩灭，

若由之任之，江河也浇它不熄。

沃里克　　　　在沃里克郡，我有一帮朋友死心塌地，

他们太平时安分守己，战争时却勇猛无比。

我要把他们征集起来，你，克拉伦斯贤婿，

你赶到萨福克、诺福克和肯特诸郡去，

鼓动那里的骑士和绅士跟着你来效力。

---

1 萨默塞特（Somerset）：疑应为"埃克塞特（Exeter）"，因为"别了……咱们考文垂见。"一
　行后的舞台提示提到埃克塞特留台，而且从后文看，全是埃克塞特。——译者附注
2 比利时（Belgia）：指荷兰。

你，蒙塔古贤弟，上白金汉，

北安普敦，还有莱斯特郡，

你一声号令，必有人群起响应。

你，尊贵的牛津，在牛津郡深得人心，

你且去那里召集起你的朋友们。

我的主上，有这么多可亲的市民，

就像您的岛国，四周环绕着海洋，

又似贞洁的狄安娜[1]，身边环侍众仙，

您就留在伦敦安心等我们与他周旋。

亲爱的大人们，出发吧，莫要等着回话。

告辞了，我的主上。

亨利六世	再会，我的赫克托耳[2]，我的特洛伊的真正希望。
克拉伦斯	为了表示耿耿忠心，我吻陛下您的御手。
亨利六世	心地善良的克拉伦斯，祝你万事亨通。
蒙塔古	宽心，陛下，我也就此告别了。
牛津	我也这样[3]许下我的忠诚，告辞。
亨利六世	亲爱的牛津，还有我亲爱的蒙塔古贤卿，
	以及诸位全体，我再次祝你们一路顺风。
沃里克	别了，亲爱的众位大人，咱们考文垂见。

众人下。国王亨利与埃克塞特留台

亨利六世	我拟在这座宫里将息将息。
	埃克塞特老弟，您以为如何？

---

1 狄安娜（Dian，即 Diana）：罗马神话中的月亮、狩猎及贞洁女神；在绘画作品中，她身边常有仙女们（nymphs）侍候。

2 赫克托耳（Hector）：特洛伊王普里阿摩斯的长子，特洛伊战争中一名伟大的勇士。

3 这样：牛津可能也吻了亨利的手。

我看爱德华在战场上的兵力，
应该无法与我方的兵力匹敌。

埃克塞特　　怕就怕他把其他人煽动起来。

亨利六世　　这我倒不怕。我的德行有口皆碑：
对于百姓的要求，我从未充耳不闻，
他们有事请愿，我也从未贻误拖延。
我以体恤之心敷好了他们的创伤，
用宽厚消解了他们心头的积怨，
用仁慈揩干了他们如注的泪水。
我从来不曾贪图过他们的财产，
也从未用苛捐杂税对他们横征暴敛，
他们即便犯了大错，我也未急于惩罚。
那他们爱戴爱德华，怎么可能胜过我？
不，埃克塞特，这仁政可以赢得爱戴，
只要狮子能够一直对羔羊和和气气，
羔羊跟随狮子的脚步就永远不会停止。

幕内高呼："兰开斯特！兰开斯特！"

埃克塞特　　听，听，陛下，这喊声是怎么回事儿？

爱德华率众兵士上

爱德华四世　　抓住亨利那个软骨头。把他带走，
然后再一次宣布朕为英格兰国王。——
你是源泉，让许多涓涓细流水声潺潺；
现在堵住你这源泉，我这大海就会把它们吸干，
小溪一干枯，大海就会涨得越发饱满。——
把他押到塔狱里去。不准他说话。　一些人押着亨利王下
来，众卿，咱们直接够奔考文垂，
嚣张的沃里克现在正盘踞在那里。

烈日当头照，我们不抓紧晒干草，

等严冬一到，再想晒也晒不成了。

格洛斯特　赶快出发，趁他各路人马还未会齐，

给那个狂妄的叛贼来个措手不及。

勇敢的将士们，立即向考文垂进军。　　　　众人下

第五幕

第一场 / 第十七景

考文垂城墙

沃里克、考文垂市长、两名信差等上至城墙之上

沃里克	骁勇的牛津派来的信差在哪里？	
	我忠实的朋友，你家爵爷距此还有多远？	
信差甲	此刻到了邓斯莫尔[1]，正朝这边赶。	可能说完即下
沃里克	舍弟蒙塔古离这里还有多少路程？	
	蒙塔古派来的信差在哪里？	
信差乙	此刻在达文特里，兵强马壮。	可能说完即下

萨默维尔上

沃里克	说，萨默维尔，我的爱婿怎么说？	
	还有，据你估计，克拉伦斯此刻距此多远？	
萨默维尔	我在绍瑟姆[2]离开他和他的队伍，	
	估计他两个钟头左右可望到达这里。（闻得鼓声）	
沃里克	那克拉伦斯近在咫尺了，我听见了他的鼓声。	
萨默维尔	那不是他的鼓声，大人，绍瑟姆在这边。	
	您老听见的鼓声是从沃里克方向传来的。	
沃里克	那会是谁呢？想必是，不请自来的朋友吧。	
萨默维尔	他们就要到了，您很快就会知道是谁。	下至城内

1　邓斯莫尔（Dunsmore）：位于考文垂与达文特里之间。

2　绍瑟姆（Southam）：考文垂东南方约十英里处一城镇。

行军鼓声。喇叭奏花腔。爱德华、理查及众兵士上

爱德华四世	去，号手，到城墙边儿，吹起谈判号。
格洛斯特	看那傲慢的沃里克在城墙上布防呢。
沃里克	噢，大事不妙，是淫棍爱德华来了吗？
	我们的探子睡哪儿去了，还是受了勾引，
	怎么他兵临城下了也不来给我报个信儿？
爱德华四世	喂，沃里克，你肯不肯打开城门，
	说几句好话，乖乖地屈膝跪下？
	尊爱德华为王，祈求手下留情，
	他就宽恕你这些逆天暴行。
沃里克	不，我倒要问你，你肯不肯撤走队伍，
	承认是谁扶你上台然后又把你拉下马，
	尊沃里克一声恩公，忏悔自己的罪孽？
	这样你就可以继续做约克公爵。
格洛斯特	我原以为，起码，他会说继续做国王，
	莫非他是在言不由衷地说俏皮话？
沃里克	一块公爵领地，先生，不算一份厚礼吗？
格洛斯特	算，老实说，一个穷伯爵送得起啥哩。
	你既送了如此厚礼，不愁我不报答你。
沃里克	你哥哥那个王位，是我送给他的。
爱德华四世	咳，你沃里克不送，王位也非我莫属。
沃里克	你不是阿特拉斯，担当不起如此重负[1]，
	而且，弱崽子，沃里克现在收回了礼物，
	亨利是我的王上，沃里克是他的臣属。
爱德华四世	可惜沃里克的王上已是爱德华的囚徒。

1　阿特拉斯……重负：在古典神话中，巨人阿特拉斯（Atlas）曾把地球扛在双肩上。

听着，骁勇的沃里克，你只消回一句话：

脑袋搬了家，剩下个身子还算个啥？

格洛斯特　哎哟哟，沃里克万万没有料到，

自己盘算着从牌堆里偷一张小十，

那张王却早叫人家从里面摸走了。

你和可怜的亨利在主教的宫里分手，

十有八九你要在塔狱里和他再聚头。

爱德华四世　正是这样，不过你依旧是沃里克。

格洛斯特　来，沃里克，抓住时机，跪下，跪下。

嗯，还待何时？趁热打铁，否则铁就凉啦。

沃里克　我宁愿一刀下去砍掉这只手，

用另一只手抓起来甩到你脸上，

也决不降帆向你俯首投降。

爱德华四世　随你有风、潮相助，任你怎么用帆，

这只手，已死死抓住了你乌黑的头发，

要趁你的头颅刚刚砍下还暖着的时候，

蘸着你的血在尘土上写下这样一句话：

"见风使舵的沃里克现在再也不能使舵了。"

牛津上，鼓乐旌旗前导

沃里克　噢，令人振奋的旗帜，瞧牛津来啦！

牛津　牛津，牛津，拥护兰开斯特！（*率军入城*）

格洛斯特　城门打开了，咱们也进去吧。

爱德华四世　那样其他敌人可能抄我们的后路。

我们还是严阵以待吧，毫无疑问，

他们肯定会再冲出来向我们叫阵；

不出来也没关系，该城防备空虚，

我们三两下就能把叛贼们赶出来。（*牛津出现在城墙上*）

沃里克	噢，欢迎，牛津，我们需要你的支援。

蒙塔古上，鼓乐旌旗前导

蒙塔古	蒙塔古，蒙塔古，拥护兰开斯特！（率军入城）
格洛斯特	叫你和你哥哥用你们身上最宝贵
	的血来赎这笔大逆不道之罪。
爱德华四世	对手越高强，胜利越辉煌。
	我心里预感我们有大获全胜的希望。

萨默塞特上，鼓乐旌旗前导

萨默塞特	萨默塞特，萨默塞特，拥护兰开斯特！（率军入城）
格洛斯特	从前你的两个同姓 [1]，两位萨默塞特公爵，
	都在约克家族手中断送了性命，
	你将是第三个，若此剑还顶用。

克拉伦斯上，鼓乐旌旗前导

沃里克	看，克拉伦斯的乔治雄赳赳地来了，
	他的队伍足以向他的哥哥挑战，
	他一腔正义激情压倒了兄弟间
	那种与生俱来的同胞手足之情。
	来，克拉伦斯，来。沃里克一叫，你就会到。
克拉伦斯	（摘下帽子上的红玫瑰）沃里克岳父，你懂这是什么意思吗？
	看好了，我把我的耻辱扔给你。（朝沃里克扔去）
	我不会毁了家父用自己的热血砌合
	一块块石头而建立起来的基业，
	而去扶植兰开斯特。哼，你以为，沃里克，

1　你的两个同姓：第二任萨默塞特公爵埃德蒙（Edmund），1455 年战死于圣奥尔本斯之战（第一幕第一场中出现过其首级）；其子亨利（Henry），亦即第三任萨默塞特公爵，于 1464 年因同情兰开斯特家族而被斩首。

我克拉伦斯就这么狠心，愚钝，不通人性，
竟肯将杀人的战争工具
对准自己的兄长，自己的合法国王？
或许你会拿我的神圣誓言责骂我；
要是信守这誓言，那罪孽将超越
拿自己女儿作牺牲品的耶弗他 [1] 了。
我对自己以往犯的过错痛心疾首，
所以，为赢得我家兄长他的信任，
我在此宣布我是你不共戴天的敌人，
我决心已定，无论在什么地方遇上你——
只要你胆敢出城，我就会和你遭遇——
我都要和你拼命，惩罚你把我引入歧途。
所以，心傲的沃里克，我抛弃了你，
将羞得通红的脸转向自己的兄长。——
宽恕我吧，爱德华，我一定将功补过。——
还有，理查，别对我的过失耿耿于怀，
因为从今往后，我再也不会三心二意。

爱德华四世　现在我更加欢迎你，更加十倍地爱你，
你若不曾惹我憎恨，我还不会这样哩。

格洛斯特　欢迎，好克拉伦斯，这才像兄弟。

沃里克　噢，天下的头号叛徒，背信而又弃义！

爱德华四世　怎么，沃里克，你可要出城一战？
还是等我们把石块打到你的脑袋上去？

1　拿自己女儿……耶弗他：耶弗他（Jephthah）为《圣经》人物，曾发誓如果以色列人（Israelites）击败亚扪人（Ammonites），凯旋时将把自己见到的第一样东西献祭给耶和华，不想为了践诺不得不杀掉自己的亲生女儿（《圣经·士师记》第11章）。

沃里克	哎呀，我不能为了防御就困守在这里！
	我要立即动身到巴尼特[1]去，如果你敢，
	爱德华，到了那里我再向你提出挑战。
爱德华四世	行，沃里克，爱德华我敢，且会一马当先。——
	众卿，出征。圣乔治保佑我们凯旋！

爱德华王率部下。行军鼓声。

沃里克率部随下

第二场 / 第十八景

巴尼特附近战场[2]

警号，过场交战。爱德华拖着负伤的沃里克上

爱德华四世	好，你躺那儿吧。你一死，我们的凶神也就死了，
	因为你沃里克是我们大家都惧怕的怪物。
	现在，蒙塔古，你等着吧；等我找到你，
	叫沃里克的尸骨跟你做个伴儿，堆一起。 下
沃里克	啊，旁边是谁？过来，朋友也好，敌人也罢，
	告诉我谁是赢家，是约克还是沃里克？
	我为什么问这个？我这被创累累的身体在说，

---

1 巴尼特（Barnet）：伦敦以北约 10 英里处一城镇（在考文垂东南方，距考文垂 75 英里，不过莎士比亚为了戏剧效果将众多历史事件压缩了；本场和下一场之间的事情实际上是前后相连的）。

2 位于伦敦以北十英里处。

我这血，这浑身乏力，这颓丧的心，都在说，

我势必要委身于泥土了，

我一倒毙，胜利势必属于我的仇敌。

这样这棵雪松[1]就要毁于斧刃之利，

它的枝杈曾经为大鹏雕遮风避雨，

它的阴凉下曾有跃立的雄狮休憩，

它的顶梢高出乔武枝繁叶茂的树[2]一大截，

还保护过众多灌木躲过冬日烈风的肆虐。

此刻这双眼被死神的黑纱蒙得黯然无光，

当初曾像那正午的骄阳一般光焰万丈，

能识破世上一切见不得人的阴谋伎俩。

我眉宇间的道道皱纹，如今填满鲜血，

昔日常被人们比作帝王们的陵寝墓穴，

因为有哪一个国王，我不能给他掘好坟墓？

我沃里克眉头一蹙，又有哪个人还笑得出？

瞧，如今我一生盖世功名就要被尘染血污。

我所有的围场苑囿，曲径步道，庄园馆楼，

转眼间就得撒手；我那所有的土地，

除我这身躯长眠之地，终一无所余。

唉，荣华富贵是何物，不过尘与土？

我们活得再富足，终究得上黄泉路。

牛津与萨默塞特上

萨默塞特　　啊，沃里克，沃里克，你若还同我们一样，

我们也许还有挽回我们所有损失的希望。

1　雪松：最高的常青树，与雕和狮一样，过去常常象征至高无上的君权。

2　乔武（Jove）枝繁叶茂的树：即橡树，常与罗马神话中的众神之王联系在一起。

　　　　　　　王后已从法兰西搬来了一支强大的队伍。

　　　　　　　我们刚得到这一消息。啊，你要能逃就好了。

沃里克　　　咳，那我也不会逃。啊，蒙塔古，

　　　　　　　你要是在这儿的话，贤弟，握住我的手，

　　　　　　　用你的双唇把我的灵魂多留上一会儿 [1]。

　　　　　　　你不爱我，因为，弟弟，你若真爱我，

　　　　　　　你的泪水一定能把这粘住我的双唇，

　　　　　　　让我说不出话来的冰冷血块冲洗掉。

　　　　　　　快来，蒙塔古，再不来我就要死了。

萨默塞特　　唉，沃里克，蒙塔古已经喘完了最后一口气，

　　　　　　　直到他咽气，口里还在呼唤着沃里克，

　　　　　　　他说，"代我向我勇敢的兄长致以敬意。"

　　　　　　　他还想往下说，他也的确往下说了，

　　　　　　　可惜听上去就像地窖里隆隆的炮声，

　　　　　　　一点儿也听不清，不过到了最终，

　　　　　　　我清楚听到了他呻吟着说出的话：

　　　　　　　"噢，永别了，沃里克！"

沃里克　　　愿他的灵魂安息。逃吧，二位，保全你们自己，

　　　　　　　沃里克向你们大家告别了，天国再会。（死）

牛津　　　　走，走吧，去迎接王后的大军。

　　　　　　　　　　　　　　　　　　　两人抬着沃里克的尸体。同下

1　用你的双唇……一会儿：即"吻我"；过去西方人认为，人死时灵魂从口中脱离躯体。

第三场 ／ 景同前

喇叭奏花腔。爱德华王偕理查、克拉伦斯及余众凯旋上

爱德华四世　迄今为止我们的命运一直步步高升，

我们已经有幸戴上了胜利的花冠。

不过，在这阳光灿烂的日子之中，

我却窥见了一团阴森可怖的黑云，

想与我们那光芒万丈的太阳对抗，

趁它还未躺上西方安乐床干一仗。

我指的是，众卿，那王后从高卢[1]

搬来的救兵已在我们的海岸登陆，

听说正大举而来要与我们决胜负。

克拉伦斯　区区一阵大风便可将那黑云吹散，

它从哪儿刮来，还把它吹回哪儿去。

您自己的光芒便可将那些水汽烘干，

并非每一朵云都可以酿成疾风骤雨。

格洛斯特　王后的队伍估计有三万之众，

还有萨默塞特和牛津也投奔了她；

倘若给她以喘息之机，毋庸置疑，

她的兵力之盛定能和我们的相比。

爱德华四世　朕从忠实的朋友那儿获悉，

他们眼下正大举进逼蒂克斯伯里[2]。

1　高卢（Gallia）：即法兰西。

2　蒂克斯伯里（Tewkesbury）：英格兰格洛斯特郡一城镇。

我们已在巴尼特战场上大获全胜，
即刻直取那里，有道是心诚腿脚轻，
在我们进军途中，每路过一个郡，
兵力还可以源源不断地得到补充。
擂起鼓来，高呼"勇敢！"向前进。 众人下

第四场 / 第十九景

格洛斯特郡蒂克斯伯里附近
喇叭奏花腔。行军鼓声。王后、小爱德华、萨默塞特、牛津及众兵士上

玛格丽特王后 众位大人，聪明人吃了亏从不坐着哀哭，
而是打起精神来想办法看怎么找补。
尽管现在船上的桅杆吹折到了海里，
缆索被扯断，泊船的锚不见了踪迹，
半数水手被海水吞噬，可这有什么关系？
我们的船长[1]还在世。不辞辛苦拿出勇气，
本有机会化险为夷，难道此时他可以
丢下船舵不理，而像一个胆小的小子，
用汪汪的泪眼再加一点儿水到大海里，
给本来就汹涌过头的大海再添一分力，
于悲泣之中听任航船撞上礁石而解体？

---

1 船长：即亨利。

啊，多可耻！啊，这是何等大的过失！
就算沃里克是咱们的锚；那又算什么？
就算蒙塔古是咱们的顶桅；那又怎样？
就算咱遇难的朋友是缆索；那又如何？
嘿，牛津不就是咱们这儿又一只锚吗？
萨默塞特不就是又一根棒棒的桅杆吗？
法兰西朋友不就是咱们的护桅索和船缆吗？
太子内德[1]和我，技术虽然谈不上娴熟，
为何就不可以担一次娴熟舵手的任务？
我们决不会丢下船舵坐下来号啕大哭，
而要把握好航向，任凭狂风百般拦阻，
绕过暗礁，避开险滩，不惧它们吓唬。
遇上风浪，咒骂和奉承一样没有用处。
爱德华不就是一片汹涌无情的海域吗？
克拉伦斯不就是一堆捉弄人的流沙吗？
理查不就是一块嶙峋的要命礁石吗？
这些人全都是我们这只可怜航船的敌人。
就算你会游泳，哎呀，也只能游上一阵；
就算能踩上沙，哎哟，你很快就会陷下；
就算能跨上礁石，潮一起就会把你卷去，
要不就会活活饿死，这下可够你死三次。
我说这番话，大人们，是要让你们清楚，
你们当中万一有谁想要抛下我们而逃离，
断然没有希望获得他们兄弟的慈悲怜惜，
就像不能躲过无情的浪涛、流沙和礁石。

---

1 内德（Ned）：即爱德华，亨利与玛格丽特之子。

嘿，那就鼓起勇气；面对无法回避的事，
只知道哭或怕，那只能算作软弱的孩子。

爱德华太子 我想一个妇道人家尚具如此英雄气，
就算是一个懦夫听了她这一番豪言壮语，
胸中也不免慷慨激昂，生出一番凌云志，
赤手空拳也能打败一个全副武装的仇敌。
我这样说并非对在场的哪一位心生疑虑，
因为我若真的疑心你们当中有一个懦夫，
我肯定早就准他赶紧滚蛋去，
省得他在我们危难之际，传染其他将士，
使别人也跟他一样没有了骨气。
这儿如果有这样的小子——上帝不许——
趁我们还不需要他帮助叫他溜之大吉。

牛津 女人家和小孩子尚且有这么大的勇气，
将士们倒丧气；嘿，那才是百世的耻辱。
噢，勇敢的小太子，你威名远扬的祖父[1]，
在你身上又得到了转世；愿你长命百岁，
永远彰显他的威仪，发扬光大他的光辉！

萨默塞特 如此有望的后生，谁要不愿为之而战，
回家睡觉去吧，像大白天的猫头鹰一般，
如果他抛头露面，就叫他遭到嘲笑围观。

玛格丽特王后 多谢，萨默塞特贤卿。牛津爱卿，多谢。
爱德华太子 我现在别无长物，就请接受我的谢意吧。
一信差上

信差 请做好准备，大人们，爱德华已经迫近。

1 祖父：即亨利五世。

准备上阵；所以就要下定决心。　　　　　可能说完即下

牛津　　　果然不出我所料；来得如此神速，
　　　　　　想攻我们于不备，此乃他的狡诈处。

萨默塞特　那他就想错了；我们已早有防范。

玛格丽特王后　看到你们满腔热忱，我心甚慰。

牛津　　　就在这里摆开阵势，我们半步也不退让。

喇叭奏花腔，行军鼓声。爱德华、理查、克拉伦斯及众兵士上

爱德华四世　勇敢的弟兄们，那边有一片荆棘林拦路，
　　　　　　凭着上天的帮助和你们大伙儿的力量，
　　　　　　今天天黑之前，必须将它们连根铲除。
　　　　　　我无须多此一举，给你们火上浇油，
　　　　　　我深知你们已怒火中烧，要将他们烧光。
　　　　　　发出作战信号，投入战斗吧，将领们！

玛格丽特王后　众位爵爷，骑士，绅士，我本该说几句，
　　　　　　可眼泪却让我说不出来，我每说一个字，
　　　　　　你们看，都要咽下一口眼里流出的泪水。
　　　　　　所以我就说这一句：亨利，你们的主上，
　　　　　　落到了敌人的手上，他的王位被篡夺去，
　　　　　　他的天下成了屠宰场，他的臣民遭杀戮，
　　　　　　他的法令被废除，他的国库被糟蹋一空，
　　　　　　眼前便是那匹造成这场深重灾难的恶狼。
　　　　　　你们为正义而战。那么，以上帝的名义，将领们，
　　　　　　拿出勇气来，发出作战的信号。

警号，收兵号，过场交战。众人下

第五场 / 景同前

喇叭奏花腔。爱德华、理查与克拉伦斯押着被俘的王后、牛津、萨默塞特上

爱德华四世　　多年的纷争到此终告一段落。

即刻将牛津押往哈姆斯[1]城堡去。

至于萨默塞特，砍下他罪恶的首级。

去，把他们带走；我不想听他们开口。

牛津　　也不问问我，我还懒得跟你废话哩。

萨默塞特　　我也懒得跟你废话，听天由命吧。

                                牛津与萨默塞特被押着下

玛格丽特王后　　在这纷扰的世界，我们就此怅然分手，

在幸福的耶路撒冷[2]，我们再度喜相逢。

爱德华四世　　通告发出去了没有？谁找到爱德华，

必重重有赏，留他活着？

格洛斯特　　发出去了，瞧小爱德华来了！

众兵士押着太子上

爱德华四世　　把那公子哥带上来，让朕听听他说什么。

什么？这么嫩的一根刺也能开始刺人？

爱德华，我问你，你大动干戈，蛊惑

我的臣民，给我造成了这么多的麻烦，

你能够拿什么来偿赎你这一切罪过？

爱德华太子　　说话要有个臣子样，骄狂的约克。

1　哈姆斯（Hames）：即今哈姆（Ham），法国加来（Calais）附近索姆河（River Somme）上一城镇。

2　耶路撒冷（Jerusalem）：即天堂。

就当我现在是在代表我的父王说话。
让出你的位子，在我站的地方跪下，
你方才要我回答的话，我现在要拿它
问你，逆贼，要你来对我作出回答。

玛格丽特王后　啊，你父王要有这般坚决就好了！

格洛斯特　那样你可能依旧得乖乖穿裙子，
没法偷穿兰开斯特家的马裤[1]了。

爱德华太子　伊索[2]要讲故事，应该等到冬天的夜里，
他那些猫儿狗儿的谜儿，在此地可不合宜。

格洛斯特　混蛋，小崽子，你说这话，我叫你遭瘟。

玛格丽特王后　对，你生来就是个害人的瘟神。

格洛斯特　看在上帝的分上，把这骂人的囚妇带走。

爱德华太子　不，倒是应该把这个骂人的驼子带走。

爱德华四世　住口，任性的小子，否则我就封了你的口。

克拉伦斯　没有教养的小子，你简直太放肆了。

爱德华太子　我安分守己。你们个个僭越本分：
荒淫的爱德华，还有你，发假誓的乔治，
还有你这丑八怪迪克[3]，你们都给我听着，
我是你们的主子，你们不过是一群逆贼，
你篡夺了我父王的权利，连带我的那份。

爱德华四世　吃我一剑，你跟这个泼妇一个样。（刺他）

格洛斯特　你还扭个啥？再吃我一剑，省得你受罪。（刺他）

1　马裤：即男裤。英语里有习语 wear the breeches/trousers，指（妻子）在家里掌权，当家做主。此处指玛格丽特有牝鸡司晨之嫌。——译者附注

2　伊索（Aesop）：古希腊动物寓言作家，是一名奴隶，据说驼背（此处影射理查，因为理查按照当时的说法正好也是个驼子——译者附注）。

3　迪克（Dick）：可能兼具"阳具"之意。

克拉伦斯	你骂我发假誓，我也来给你一下子。（刺他）
玛格丽特王后	噢，把我也杀了吧！
格洛斯特	好啊，成全你。（欲杀她）
爱德华四世	且慢，理查，且慢，我们做得已经过火了。
格洛斯特	干吗留着她满世界胡说八道？
爱德华四世	怎么，她晕过去了？用法子把她弄醒。
格洛斯特	克拉伦斯，替我在王兄面前告个假。
	我这就要赶往伦敦去办一桩要紧事儿。
	你们到那儿前，指定会听到点儿消息。
克拉伦斯	什么？什么？
格洛斯特	塔狱，伦敦塔狱。 （下）
玛格丽特王后	噢，内德，可爱的内德！跟娘亲说说话，孩儿。
	你不能说话了吗？噢，逆贼们，杀人的凶手们！
	如果跟这桩暴行对比一下，
	当年他们刺杀凯撒根本就算不上流血，
	根本就构不成犯罪，根本就不该受到责备。
	凯撒是个大男人；这个，相比之下，不过个孩子，
	爷们从来不在孩子身上发泄怒气。
	还有比凶手更坏的字眼来让我形容他们吗？
	不，不，如果我说话，我的心就要炸裂了——
	不过我偏要说话，好让我的心得以炸裂。
	屠夫们，恶棍们，血腥歹毒的食人生番们！
	多可爱的一棵苗儿，却早早遭了你们毒手。
	你们断子绝孙，屠夫们！你们要是有儿女，
	一想到他们，你们心中就会生出怜爱之意。
	不过，即便你们日后万一真有个一男半女，
	等着瞧，刽子手们，他们也会像你们斩除

　　　　　　　　　可爱的小太子一样，年纪轻轻便惨遭杀戮。

爱德华四世　　把她带走；去，把她拖出去。

玛格丽特王后　不，不要把我拖走，在这儿把我打发了算了；

　　　　　　　　　用你的剑朝这儿捅，捅死了，我不把你怪。

　　　　　　　　　怎么，你不愿捅？那么，克拉伦斯，你来。

克拉伦斯　　　苍天在上，我决不会让你死得这样痛快。

玛格丽特王后　好克拉伦斯，来，亲爱的克拉伦斯，行个好。

克拉伦斯　　　你没听见我发誓不会帮你这个忙吗？

玛格丽特王后　听见了，可你惯于出尔反尔，自食其言。

　　　　　　　　　这在过去是罪过，在今天则是积德行善。

　　　　　　　　　怎么，你不肯？那个杀人魔王理查哪儿去了？

　　　　　　　　　丑八怪理查？理查，你在哪里？

　　　　　　　　　你不在这里；杀人可是你的善举；

　　　　　　　　　别人请你放血，你向来是来者不拒。

爱德华四世　　带走，我说；我命令你们，把她带走。

玛格丽特王后　愿你和你的子嗣落得和这太子一样的下场。

　　　　　　　　　　　　　　　　　　　　王后被众兵士拖着下

爱德华四世　　理查哪儿去了？

克拉伦斯　　　急急火火上伦敦去了，依我看，

　　　　　　　　　他要在塔狱里做一顿血腥的晚餐。

爱德华四世　　他脑子里一有事儿，就沉不住气。

　　　　　　　　　现在我们也由此开拔。把平民兵士遣散，

　　　　　　　　　给点儿钱，外加感谢，咱们就上伦敦去，

　　　　　　　　　去看看孤王贤惠的王后过得是否如意；

　　　　　　　　　此刻，我希望，她已替我生了个儿子。　　　　众人下

第六场 / 第二十景

伦敦塔

亨利六世与理查及卫队长上至塔墙之上

格洛斯特	您好，陛下。怎么，您看书[1]这么用功？
亨利六世	欸，我的好爵爷——我的爵爷，我该说。 谄媚乃罪过。说"好"比谄媚好不了多少。 "好格洛斯特"和"好恶魔"如出一辙， 都有违常理；所以，不该说"好爵爷"。
格洛斯特	当差的，你且退下；我们有话要谈。　　　　　卫队长下
亨利六世	懈忽的羊倌见了恶狼就是这样逃跑， 无辜的绵羊便是这样先让人家剪掉毛， 然后再把脖子伸到屠夫的手下去挨刀。 罗希乌斯[2]今天要演一出什么死亡戏？
格洛斯特	人凡做过亏心事，总是满脑子猜疑， 贼偷了东西，生怕每个灌丛里都有捕吏。
亨利六世	鸟儿若有在灌丛里被鸟胶粘住的经历， 见了灌丛就不免翅膀发抖，心生疑惧； 而我，身为一只可爱鸟儿的不幸父亲， 此刻眼前出现了那个要命的东西， 我可怜的小鸟就是因此被粘住，叫人捉去害死。
格洛斯特	咳，当年关在克里特岛上的那家伙，

1　书：可能是祈祷书或《圣经》。

2　罗希乌斯（Roscius）：公元一世纪罗马著名演员（公元一世纪之说似不确，一说罗希乌斯死
　于公元 62 年，但更多说法是他死于公元前 62 年——译者附注）。

	异想天开教他儿子学鸟飞[1]，真是个蠢货！
	那傻小子虽说安了翅膀，还是落得个溺亡。
亨利六世	我是代达罗斯，我可怜的孩子是伊卡洛斯，
	你老子是断绝我们父子归路的弥诺斯[2]，
	烤化了我爱子翅膀的太阳[3]，便是
	你的哥哥爱德华，而你自己则是
	用歹毒的旋涡吞噬他性命的那片海域。
	啊，杀我就用凶器，不要用恶言恶语！
	我的胸膛受得住你用刀尖刺，
	我的耳朵却不忍闻那悲惨的故事。
	你来意欲何为？不是要索我命去？
格洛斯特	你把我看成一个行刑的人？
亨利六世	我敢肯定，你是一个害人精，
	如果滥杀无辜也算是行刑，
	哼，那你就算得上是行刑。
格洛斯特	我杀了你儿子，是因为他太放肆。
亨利六世	要是你第一次放肆时便被处死，
	你就活不到今日，杀不了我的儿子。
	我作此预言：虽然千千万万的国人
	目前还丝毫不相信我所担心的事情，
	可会有许多老人哀叹，许多寡妇号哭，
	许多孤儿双眼噙满泪水，涕泗如注——

1　关在克里特岛上……学鸟飞：伊卡洛斯（Icarus）与父亲代达罗斯（Daedalus）欲用代达罗斯
　　以羽毛和蜡做成的翅膀，逃离克里特岛（Crete）上的囚徒生活；伊卡洛斯飞得距太阳过近，
　　因蜡融化而坠海身亡。
2　弥诺斯（Minos）：克里特国王，他将代达罗斯和伊卡洛斯监禁在岛上。
3　太阳：此处喻指爱德华，太阳暗指约克家族的族徽。

男人哀叹儿子，妻子号哭丈夫，
孤儿是因为父母过早双双亡故——
都会诅咒你当年出生的那个时辰。
你出世时鸮鸟尖啸——是个凶兆——
夜鸦聒噪，预示着厄运即将来到；
群狗嗥叫，恶风将大片树木刮倒；
渡鸦蜷缩着身子蹲在烟囱顶上，
叽喳的喜鹊[1]发出凄厉的不和谐音。
你娘当时吃的苦比哪个当娘的都甚，
不想生下来的却令做娘的大感丧气，
说白了，就是一个丑得没形的疙瘩，
怎么看也不像这么棵好树结的果子。
你呱呱坠地时嘴里就已经长了牙齿[2]，
表明你来到这个世上就是要咬东西。
我还听到一些议论，如果也都属实，
那么你来到……

格洛斯特　　我不想听下去；死吧，预言家，叫你言未尽人先亡，
因为这是我命中注定要做的事情中的一桩。（刺他）

亨利六世　　对，命中注定今后还要干出多得多的杀人勾当。
噢，上帝饶恕我的罪过吧，也请上帝宽恕你！（死）

格洛斯特　　怎么？兰开斯特家心高气傲的血也肯
往土地里渗？我还以为它会步步高升呢。
瞧我这剑为这可怜的国王之死落泪[3]了。

1　喜鹊：亦被认为是不祥之鸟。
2　你呱呱坠地……长了牙齿：过去西方人认为这种情况反常，不吉利。
3　落泪：即滴血。

噢，凡希望看到我们家族覆亡的人，

愿他们永远溅出这样殷红的泪水。

如果你还剩下一点点生命的火花，

快，快下地狱去，就说是我打发你去的那里，

我，既无仁慈，又无爱心，也无畏惧。（再刺他）

的确，刚才亨利说我的那番话所言不虚，

因为我常常听我老娘说起，

我来到这世上时是腿先落地[1]。

你们想想，有人夺走了我家的权利，

我能不急急火火地要他们赶快消失？

当时接生婆惊讶不已，女人们失声尖叫：

"噢，耶稣保佑我们，他生下就长了牙！"

我确实是生下来就长了牙，这显然表明，

我生来就该像狗一样汪汪叫，四处乱咬。

那既然上天把我的身体造成了这副德性，

就让地狱来扭曲我的心灵以便与之适应。

我没有兄弟，跟哪个兄弟都不相仿。

"爱"这个字眼儿，白胡子老头儿称之为神圣，

只存在于长相相似的人们当中，

可与我无缘；我这个人就是形只影单。

克拉伦斯，当心，你挡住了我的光明[2]，

就别怪我给你挑选一个漆黑的日子，

我要散布一些谗言，让爱德华听了，

会为了自己的小命而成天提心吊胆，

---

1 来到……腿先落地：即"寤生"，又称"倒生"、"臀位分娩"，婴儿出生时先露其足。
2 挡住了我的光明：即"妨碍了我获得王冠"（由约克家族的族徽太阳而来的比喻说法）。

　　　　　　欲除心头之患，就会让我送你归天。
　　　　　　亨利王和他那个王太子已双双死去。
　　　　　　克拉伦斯，下一个轮到你，接着还有其他人，
　　　　　　我不达到至高无上，就算不上好样。
　　　　　　我要把你的尸首扔进另一间屋里，
　　　　　　得意吧，亨利，今天是你的死期。　　拖着亨利的尸体下

第七场　　／　　第二十一景

伦敦王宫

喇叭奏花腔。国王、王后、克拉伦斯、理查、黑斯廷斯、奶妈抱着小王子及众
侍从上

爱德华四世　　本王再次登上英格兰的王座，
　　　　　　是用敌人的鲜血才重新换回来的。
　　　　　　多么骁勇的死敌，就像秋天的谷物，
　　　　　　在盛极一时之际被我们一下子割除！
　　　　　　三个萨默塞特公爵，都是名震八方、
　　　　　　勇敢顽强、无所畏惧的斗士悍将，
　　　　　　两个克利福德，一个老子一个儿子，
　　　　　　还有两个诺森伯兰：更是锐不可当，
　　　　　　只要号角声一响，便会策马登场。
　　　　　　外带沃里克和蒙塔古这两头猛熊[1]，

1　熊：指沃里克的家徽，为一头拴在一段粗糙木桩上的熊。

身系锁链也照样将兽王狮子锁住，

他们一吼，整个森林也要抖三抖。

我们就这样将这伙王位之患扫除，

从而使孤王的根基得到了巩固。——

过来，贝丝[1]，让我亲亲我的王子。——

小内德，为了你，你的叔父们和我本人

披甲戴盔在严冬里彻夜不得合眼，

在盛夏里冒着灼热酷暑把鞋底磨穿，

图的是打下天下，让你能稳戴王冠，

我们任劳任怨，好让你能坐享江山。

格洛斯特　　　（旁白）只要你头一落地，我就叫他马上犯难，

因为我还没有博得世人的高看。

我肩宽背厚[2]，注定要挑起重担，

挑不起重担，就叫我背脊压断。

你[3]想办法，交给它[4]去贯彻实践。

爱德华四世　　克拉伦斯和格洛斯特，爱我可爱的王后，

二位贤弟，都来亲一亲你们高贵的侄子。

克拉伦斯　　　为了表示对陛下要尽忠竭力，

我在这可爱宝贝儿的唇上盖个印记。（吻婴儿）

伊丽莎白王后　多谢，尊贵的克拉伦斯。贤弟，多谢。

格洛斯特　　　由于我爱结出你的那棵树[5]，

瞧我用这深情一吻来吻你这果实。——

1　贝丝（Bess）：伊丽莎白的昵称。——译者附注

2　厚：兼指其驼背。

3　你：指格洛斯特自己。

4　它：指格洛斯特的肩膀。

5　树：即约克家族，格洛斯特自己的血统。

     （旁白）老实说，这好比犹大吻他的师父[1]，

     心里藏满杀机，口里喊着"祝福！"

爱德华四世 如今天下已安，咱们兄弟亲善，

     我如愿稳坐江山，心里真是舒坦。

克拉伦斯 陛下欲如何处置玛格丽特？

     雷尼耶，她老爹，已经把西西里

     和耶路撒冷典押给了法兰西国王，[2]

     筹到一笔钱送来赎他女儿了。

爱德华四世 让她去，渡海送她到法兰西去。

     如今还有什么事儿好把心担，

     尽可大庆凯旋，欣赏滑稽表演，

     借着此类宫廷娱乐打发时间。

     击鼓鸣号！与一切烦恼说再见，

     但愿我们从今能永远快乐无边。   全下

---

1 犹大……师父：众所周知，犹大吻了耶稣基督，却出卖了他。

2 雷尼耶……法兰西国王：玛格丽特之父雷尼耶系西西里、那不勒斯和耶路撒冷名义上的国王；
  原文此处将雷尼耶拼作 Reynard（列那狐），可能暗指其狐狸般狡猾。

译后记

覃学岚

在莎翁的历史剧中，数《亨利六世》最长，全剧分为上、中、下三篇，计9 500余行，从亨利五世的葬礼一直写到亨利六世在伦敦塔狱中遇害，横跨半个世纪的戏剧时间（1422—1471），涵盖了亨利六世的一生。

14世纪，英格兰的封建统治遭受到了一系列沉重的打击，统治阶级内部矛盾日益尖锐。《亨利六世》所再现的正是这一段历史。这是英格兰一段多灾多难的历史，一段血雨腥风的历史。在法兰西，英格兰所占领的属地丧失殆尽，英法之间的百年战争仍在进行；在英格兰本土，北部的两大王族（兰开斯特家族与约克家族）之间展开了一场旷日持久的争夺统治权的"玫瑰战争"，可谓交织着外患内忧。

比较而言，在《亨利六世》中，上篇最不成熟，而从创作年份来讲，它很可能在中、下两篇之后，有类似于时下电影界的《……之前传》之嫌（参见本书第3页）。也许正是这方方面面的原因，使得上篇的作者身份问题一直众说纷纭，本译本所据英文版的编者在"《亨利六世》三联剧导言"（下简称"导言"）一文中也探讨了这一问题，最后以现代文体计量学（stylometrics，用统计分析法分析一篇文章来确定其作者身份的一门学问，类似于笔迹鉴定学）的研究成果认定上篇只有少数几场戏出自莎翁之手。对此，译者不敢完全苟同。首先，所谓的文体计量学，其实所能检验的主要是一些很外在的文体特色，如"导言"一文中所举的"诗行阴性行尾偏好、缩合词、语法功能词使用频率等"，而文本内在的一些文体特点，如利用双关等修辞手段而营造的"话里有话"之类的特点，似乎并未纳入检测范畴，而这类文体特点目前计算机技术似也难有行之有效的解决办法。在上篇中，这类文体特点恰恰尤其突出，况且过去有不少学者正是以剧中有不少"猥亵"、"粗俗"成分来否定本剧为莎士比亚所作的，这些成分恰好是利用这些修辞手段来达到的。剧中不乏让人"往歪处"想的词句，撇开伦理因素不论，单就语言技巧而言，能够时不时来一句一语双关，话里有话，能让听众"往歪处"想的台词，这正是语言驾驭能力高超的标志。如果将这方面的文体特点也纳入考量范围的话，译者相信，本剧出自莎翁之手的部分应该远不止"导言"一文所认定的那一些。此外，以剧中有不少"猥亵"、"粗俗"成分来否定本剧为莎士比亚所作也不足为信，因为莎剧中这绝非孤例，如著名悲剧《罗密欧与朱丽叶》（*Romeo and Juliet*）的开场部分就比比皆是，例如：

第3行

SAMPSON　　I mean, if we be in choler, we'll draw.

山普孙　　　我是说，我们要是让煤气（霉气）惹火了，就亮出家伙来。

其中，draw 字面意思是"拔出……来"，此处当然可以理解为"拔出武器来"，但也完全可以译作"拔出我们的家伙来"。又如：

第5行

SAMPSON　　I strike quickly, being moved.

山普孙　　　我一旦冲动起来，我的冲刺动作可快了。

其中的 strike 和 being moved 都是话里有话。同样的情况在其他剧本中也大量存在，所以笔者以为，以此来判定该剧不是莎翁所作是站不住脚的。

　　《亨利六世》上篇虽然显得有些稚嫩，但也是一部瑕瑜互见之作，特别是作者在营造戏剧气氛上已初见功力。上篇叙述虽然显得有些凌乱，但始终围绕着两条主线展开：一条是前方战场上的激战厮杀，另一条是孱弱的亨利六世身边那些贵族权臣之间的明争暗斗。剧作从亨利五世的丧礼写起，丧礼进行的过程中，剧作者让信差接二连三地登场，不断送来坏消息。这样的剧情安排不仅起到了烘托气氛的作用，而且为剧情的进一步展开做好了铺垫，更为剧中各色人物提供了一个直接或间接亮相的机会。两条线索交叉展开，时而此明彼暗，时而彼明此暗。剧情开始时气氛悲壮压抑，各怀心事的贵族权臣纷纷登场，唇枪舌剑；另一方面，剧作者通过信差之口叙述了前方战场上骁勇善战的塔尔博特孤军奋战，终因寡不敌众而不幸被俘的经过。这两条线索的交叉展开使得剧中人物形成了鲜明的对照：曾经威震遐迩，所向披靡，令法兰西人望风而逃的英格兰名将塔尔博特在"缺兵少饷"的情况下仍浴血沙场，最终与因自己多年征战在外而未能相见的儿子一起为国捐躯，可歌可泣，悲壮的愈显悲壮；与此同时，显赫的贵族权臣在大敌当前、前线频频告急之时却"派系林立"，"本当勠力一战"，却"争执不断"，一而再，再而三地贻误战机，为了个人目的，相互排挤，置国家民族利益于不顾，可憎可恨，卑鄙的愈显卑鄙。

　　在戏剧效果的营造方面，还有一处很成功：第一幕第四场中，塔尔博特与索尔兹伯里等人在塔楼上得意地讨论炮轰敌军什么位置最好，观众看到这里，可能满以为又可以看到法军倒大霉了，但出乎意料的是，这次倒霉的不是被围在城里的法军，而是英军自己，而这一点其实来得又合情合理，因为前面（法军炮兵队长与他儿子的那一番对话）已经为此做了很好的铺垫，早就埋下了伏笔。

　　除了以上谈到的两条主线外，笔者此次翻译本剧时发现剧中还有两条线索：一条是以格洛斯特为代表的政客与以温切斯特为代表的教士之间的斗争，另一条是下一代人之间的斗争，如圣殿花园那场戏（第二幕第四场）。

此外，剧中对几个主要人物的刻画都很成功，如忠君报国、骁勇顽强的塔尔博特，寡廉鲜耻、巧舌如簧的萨福克，足智多谋的法国巾帼英雄贞德等，都能激起观众强烈的爱憎情绪。对于塔尔博特的成功刻画以及观众的热烈反应，有托马斯·纳什的讽刺文著作《穷光蛋皮尔斯》（*Pierce Penniless*）为证，纳什写道：要是"令法兰西人闻风丧胆的塔尔博特想到自己在坟墓里躺了两百年之久居然又在舞台上耀武扬威，居然还有万千观众至少偶尔还愿意洒下万行热泪，给自己的遗骨涂上一层新的保护层使其不朽，还能借助演员的饰演，让观众于想象中觉得他们正目睹自己在淌流鲜血，英勇的他无疑会感到欣慰。"

作者从狭隘的爱国主义立场出发，把法兰西的女英雄圣女贞德描绘成了一个放荡不羁、不知羞耻的婊子，一个贫嘴的女巫。对于这种歪曲史实的描写，作为局外人我们不能不感到遗憾，但如果站在英格兰人的立场上，似乎也无可厚非。同时，我们也不能不承认莎翁调动观众情绪的手法还是相当高超的（详见第五幕第四场），我们看见贞德连生身父亲也不认，为了挽救自己的生命不惜佯装怀有身孕。值得一提的是，作者通过贞德之口谴责了英格兰人的一些残暴行径，多少表明了作者对英格兰人侵占法兰西的态度：

> 可是你们，贪欲熏心，
> 沾满无辜百姓的血腥，
> 败坏透顶，恶贯满盈；
> ……

该剧的上篇与中、下两篇之间存在着两个主要的衔接点：其一，在著名的圣殿花园那场戏中，约克公爵理查·金雀花与兰开斯特家族的萨默塞特之间展开了一场激烈的舌战，从而揭开了玫瑰战争的序幕。沃里克对此作了一番评论，对即将到来的覆灭作出了预言：

> 我在此预言：今天这场唇枪舌剑，
> 在圣殿花园造成的这派系对峙，
> 将把卷入红玫瑰和白玫瑰两边
> 无尽的灵魂送入死地和死一般的黑暗。

其二，上篇结尾时，作者让亨利六世通过其寡廉鲜耻的代理人萨福克与法兰西安茹公爵的女儿玛格丽特订婚，从而为中篇情节的展开做了必要的铺垫。这一婚约致使亨利撕毁了他早先与阿马尼亚克伯爵的独生女订下的婚约，同时也导致英格兰在法兰西丧失更多属地，表明使王室元气大伤和最终将葬送王室的腐败势力正在进一步蔓延。亨利与玛格丽特的结合，预示着英格兰王位将面临新的危险，因为来自法兰西的玛格丽特将继贞德之后成为英格兰的又一颗灾星。而玛格丽特与萨福克狼狈为奸更是为中篇情节的展开提供了一个重要的主题。上篇末了，一桩盛大的王室婚礼眼看就要举行，英格兰与法兰西将谋得暂时的和平，此时，萨福克直言不讳地道出了他那见不得人的居心，预示着英格兰将遭遇更大的麻烦：

> 玛格丽特这就要立为王后，驾驭王上；
> 我则将驾驭她、王上乃至整个国家。

中篇较上篇而言，写作技巧上更成熟一些，处理的题材也更重要一些。整个剧情的发展和框架结构基本上与上篇相同，但显得更紧凑些。首先，中篇中着墨不多但鲜明生动的逸闻趣事的穿插，如格洛斯特公爵夫人与女巫、术士搅在一起行巫术（第一幕第四场），圣奥尔本斯的那一幕"奇迹"（第二幕第一场），铠甲匠霍纳与其徒弟的决斗（第二幕第三场），萨福克被处死（第四幕第一场），以及凯德落在候补骑士艾登手上（第四幕第十场）这几场戏，就明显不同于上篇第二幕第三场塔尔博特遭遇奥弗涅伯爵夫人的那场戏，这几场戏对于整个剧情而言，已不仅仅是可有可无的逸闻趣事的穿插，而是与剧情有机相联、必不可少的部分。其次，各派力量明争暗斗，相互倾轧，结果是鹬蚌相争，渔翁得利，约克公爵理查却趁机一步步崛起，这样的安排使得整个中篇脉络清楚，推进自然。

同上篇一样，中篇仍用一定的篇幅反映了统治阶级内部各派势力之间的纷争恶斗、自相残杀，但有所不同的是，亨利随着年岁的增长在剧中的戏份加大了，斗争显得更为激烈，更为残酷。作者把亨利六世周围的朝臣一个个都描绘得残酷无情、野心勃勃，只有"志行端方、宅心仁厚、禀性忠良"的护国公格洛斯特公爵对亨利王没有二心。

此外，在中篇里，还有好几场反映压迫阶级与被压迫阶级之间斗争的戏，说得更具体一些，也就是农民和平民与地主乡绅和城市贵族之间斗争的戏。中篇开头第一幕里就有一场（第三场）两个农民请愿的戏：一个农民指控一地主霸占了他的房子、土地和老婆，另一个则指控萨福克公爵圈占了梅尔福德的公地。接着，在第二幕第三场中，一个徒弟与自己的师傅进行了一场决斗，徒弟取得了决斗的胜利，其他徒弟都站在他的一边，为他的胜利而欢呼。所有这些都表现了作者对被压迫者的同情。但值得指出的是，莎士比亚对于1450年爆发的杰克·凯德起义不以为然，对这个起义领袖进行了许多歪曲描写，把他描绘成一个愚昧无知的骗子，一个被人利用的工具。

全篇围绕着两条简单而又相联的事件展开，即格洛斯特的垮台和约克的崛起。第一幕结尾，格洛斯特公爵夫人在行巫术时被约克等人当场拿获；第二幕护国公格洛斯特公爵便被迫交出了王杖；第三幕里，就在即将大祸临头、惨遭暗害之前不久，格洛斯特预言道：

> 只怕我一死只是他们大戏的序曲；
> 再搭上千万个还没意识到要大难临头的人的性命，
> 也无济于结束他们精心策划的悲剧。
> 博福特红光闪闪的眼珠表明他心之歹毒；
> 萨福克阴沉的眉宇把他狂暴的仇恨透露；
> 刻薄的白金汉舌尖上倾倒出
> 他心头积压已久的满腔嫉妒；
> 还有心比天高、恣意妄为的约克，
> 我扯住了他伸得过长的胳膊，
> 于是想用莫须有的罪名加害于我。——
> 而你，我的王后陛下，跟他们一伙，
> 平白无故把恶名扣在我的头上，
> 不遗余力地挑拨蛊惑
> 我最亲爱的王上与我为敌。

格洛斯特被害后，先前一同将格洛斯特搞垮的恶势力进行了分化重组，各派势力发生了一些很大的变化：枢机主教博福特在亵渎上帝、咒骂世人中死去；在众百姓的强烈要求下，萨福克被放逐，随后死在一个水手手中，于是玛格丽特失去了自己的盟友兼情夫；这样，约克公爵虽然还不至于肆无忌惮地向王位伸手，但他朝着自己的目标又大大地迈进了一步。第四幕用大量笔墨反映了凯德所领导的起义，起义以失败而告终。起义的失败给约克带来了"把王冠从孱弱的亨利头上摘取"的机会。第五幕中圣奥尔本斯一战，约克家族大获全胜，中篇到此结束，当然英格

兰的灾难并未就此终止。就在约克在他儿子爱德华和理查（后来先后为
英格兰国王）以及强大的内维尔父子的协助下，准备收获自己播种的果
实之际，玛格丽特王后和被打败的兰开斯特家族逃脱了，以图他日再战。
日后的灾难从小克利福德咬牙切齿的复仇之誓中已透露出来：

> 一见这景象，
> 我的心就化作了铁石；只要它还是我的心，
> 它就会铁石般坚硬。约克不放过我家老人；
> 对他们的婴童，我也绝不会再手下留情。
> 少女的泪珠之于我，将如同露珠之于火，
> 而那往往能够让暴君搅动柔肠的美貌，
> 于我将只能是在我的怒火上添柴浇油。

在下篇中，我们看到战火连天，而且一场比一场猛烈。兰开斯特家
族在韦克菲尔德一战中大获全胜，小克利福德为了报杀父之仇，残忍地
杀害了约克的小儿子拉特兰；接着约克公爵自己也惨遭毒手，在遇害之
前玛格丽特王后让人将他推到一个鼹鼠丘上，给他戴上一顶纸糊的王冠，
对他恣意嘲弄了一番。接下来在陶顿一战中，王后的军队被打败，克利
福德被俘枭首。经过一些变故之后，沃里克转而支持玛格丽特王后，只
可惜在英勇拼杀一番之后也命丧沙场。亨利王的太子爱德华最后也惨死
在敌人的屠刀之下。与此同时，诡计多端、野心勃勃的理查赶往伦敦将
被囚禁在伦敦塔狱里的亨利王杀害。剧中安排了一个戏剧性的场面：在
陶顿一战中，一个做儿子的杀死了自己的父亲，一个做父亲的杀死了自
己的独生子。这一场戏很好地渲染了争权夺利的内乱给人民所带来的巨
大灾难。
　　在该篇中有一段特别值得一提的独白，这便是第二幕第五场中亨利

王独坐鼹鼠丘上沉思时的一段抒情性独白：

我宁愿自己已死，若这是上帝的好意；
因为这个世界上除了悲愁，还有什么？
噢，上帝！在我看来，幸福的生活
莫过于做一个敦厚朴实的乡下人，
坐在山丘之上，就像我现在这样，
一度一度地精心雕刻出一些日晷，
观看光阴是如何一分一分地流逝：
多少分钟凑成一整个小时，
多少小时拼起来组成一天，
多少个一天才会过满一年，
一个凡人可以活上多少年。
明白了这个，再来分配时间：
这么多小时我得用来照看羊群，
这么多小时我得用来休息，
这么多小时我得用来沉思，
这么多小时我得用来消遣，
这么多天我的母羊已经怀了胎，
这么多周后傻家伙们就要产崽，
这么多年后我就有羊毛要剪。
就这样分、时、日、月和年，
过后便来到了它们注定的归宿，
将苍苍白发带进静悄悄的坟墓。
啊，这是多好的日子！多甜蜜！多美妙！
牧羊人在山楂丛中照看自己纯朴的羊群，

> 头顶的那一片荫凉岂不比
> 罩在终日担心臣民造反的国君
> 头顶的锦绣华盖更加温馨？

这段独白历来被认为是莎翁诗剧中的"华彩段落"，细致贴切地反映了一个软弱无能的君王在经历了凶险的宫廷斗争，备尝了战乱之苦后对人生的一种感悟，是对亨利六世活得疲乏至极时的痛苦心态的一种展示。这段独白不能不令人从心底里涌起一股淡淡的悲哀和对漫漫人生的思索，不能不引起观众的强烈共鸣。

《亨利六世》全剧以亨利六世遇害、玛格丽特被其父赎回而告终。末了，双手沾满鲜血、终于登上英王宝座的爱德华王踌躇满志地夸耀道：

> 如今还有什么事儿好把心担，
> 尽可大庆凯旋，欣赏滑稽表演，
> 借着此类宫廷娱乐打发时间。
> 击鼓鸣号！与一切烦恼说再见，
> 但愿我们从今能永远快乐无边。

然而，正如亨利六世遇害前所预言的那样：

> 我作此预言：虽然千千万万的国人
> 目前还丝毫不相信我所担心的事情，
> 可会有许多老人哀叹，许多寡妇号哭，
> 许多孤儿双眼噙满泪水，涕泗如注——
> 男人哀叹儿子，妻子号哭丈夫，
> 孤儿是因为父母过早双双亡故——

都会诅咒你当年出生的那个时辰。

英格兰的灾难并未就此结束，因为杀害亨利六世的格洛斯特公爵理查是个觊觎王位、野心勃勃、不达目的誓不罢休的魔鬼，而他的野心就是要坐上国王的宝座，于是又有了《理查三世》。人们把《亨利六世》及其续篇《理查三世》视为莎翁的第一个四联剧。